COLLECTION DE
ROMANS POPULAIRES

20°

Dans les ténèbres

par

ABEL SIBRÈS

5. Rue Bayard Paris

Dans les Ténèbres

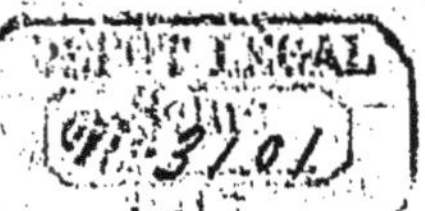

PAR

Abel SIBRÉS

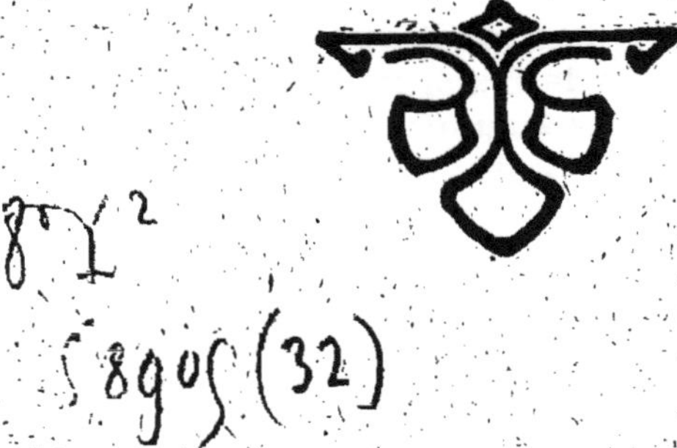

PARIS, 5, rue Bayard, PARIS

Dans les ténèbres

PREMIÈRE PARTIE

Le mystère du Petit-Bief

I

CELLES QUI ATTENDENT.....

Ce soir-là, un soir brumeux d'octobre, il n'y avait plus qu'une maison éclairée dans la grande rue du village de Leuzoy, en Lorraine. Cette maison, un assez vaste bâtiment précédé d'une cour, était la ferme des Maru.

Deux personnes se trouvaient dans la cuisine de la ferme.

L'une, une femme approchant, selon les apparences, de la cinquantaine, était assise près du foyer où deux bûches achevaient de se consumer. Elle était de taille moyenne ; son visage aux traits communs, mais assez réguliers, n'avait rien de remarquable. Ses cheveux commençaient à grisonner. C'était Mme Maru, la femme du fermier.

Assise près d'une table massive éclairée par une lampe à pétrole suspendue, une jeune fille travaillait à un ouvrage de couture. Cette jeune fille semblait avoir de dix-sept à dix-huit ans. Elle était brune, assez grande, et, malgré quelque irrégularité dans les traits, l'ensemble de son visage ne manquait pas d'une certaine joliesse. Le regard de ses yeux noisette était doux et très expressif. Son front uni, assez large et légèrement bombé, indiquait l'intelligence. La bouche était un peu grande, mais meublée de dents saines et blanches. Elle était coiffée à la mode de la ville, comme on dit à la campagne, et mise simplement, mais avec un certain goût. Cette jeune fille était l'aînée des enfants Maru et s'appelait Lucie.

L'autre enfant, Louis, un garçonnet de dix ans, était couché depuis plus d'une heure dans une chambre contiguë à la cuisine.

Neuf heures sonnèrent à l'antique horloge placée près de la cheminée. Au bruit, Mme Maru fit un léger sursaut.

— 9 heures ! dit-elle. Je crois que j'allais m'endormir. Et pourtant je commence à être sérieusement inquiète. Ils devraient être revenus depuis deux heures. Jamais ils ne sont rentrés si tard.

— Je ne crois pas qu'il y ait lieu de s'inquiéter, maman, répondit la jeune fille d'un ton qui démentait ses paroles. Que veux-tu qu'il leur arrive ?

— Est-ce qu'on sait ? Ton père, lorsqu'il est en ville, se laisse facilement aller à boire un coup de trop. Je ne le lui reproche pas, au cher homme, cela lui arrive rarement et il n'en est pas plus méchant pour cela. Mais qui sait ce que peut faire un homme lorsqu'il a la tête perdue ?

— Tu oublies qu'Henri est avec lui, maman..... Et Henri est sérieux : il ne boit jamais, lui.....

— C'est ce qui me rassure un peu..... Mais n'importe ! Je ne puis m'empêcher d'être inquiète. Ton père devait toucher là-bas assez d'argent, plus de quinze cents francs ; une somme pareille peut tenter de mauvaises gens, surtout si ton père a bu.....

— Mais, encore une fois, tu oublies qu'il n'est pas seul. Henri est avec lui, et Henri est solide et brave.....

— Et si ton père a fait comme cette fois où, ayant bu et oubliant qu'il était venu en voiture, il est revenu de Roncourt seul et à pied, laissant se morfondre Henri, qui l'attendit en ville toute la nuit ?

— Papa a été trop honteux cette fois-là pour qu'il recommence. Il a bien juré que cela ne lui arriverait plus.

Mme Maru hocha la tête.

— Je sais bien, dit-elle, que depuis lors il a été à peu près sage. Mais aujourd'hui c'était la foire à Roncourt ; il y a certainement rencontré des amis et a pu se laisser entraîner et se griser par surprise. Et, s'il a bu, Dieu sait ce qu'il a pu faire.....

Et, après un silence, elle ajouta :

— Si on ne connaissait pas Bayard, on pourrait croire qu'il leur a joué un tour, mais Bayard est un cheval tranquille.....

— Oh ! de ce côté-là, il n'y a pas à craindre d'accident.:... Et, pour moi, papa s'est simplement attardé à Roncourt avec des connaissances.....

Mme Maru ne répondit pas. Il y eut un silence. Dans la chambre voisine, dont la porte était ouverte, on entendait la respiration forte et égale de l'enfant qui dormait. Accroupi sur la « taque » de fonte du foyer, un chat gris et noir ronronnait, les paupières mi-closes sur ses prunelles d'or, les deux pattes de devant repliées sous lui. On n'entendait aucun bruit du dehors.

Dans ce calme et dans ce silence, l'horloge sonna un coup.

— 9 h. 1/2, dit Mme Maru en se levant. Décidément, ça n'est pas naturel, non ! ça n'est pas naturel du tout !.....

Elle sortit, et, laissant la porte ouverte, traversa la cour et alla jusqu'au milieu de la rue, tendant l'oreille dans la direction de la route. N'entendant rien, elle se décida à rentrer. Et, sans rien dire, elle reprit sa place auprès du foyer.

Aussi inquiète que sa mère, mais ne voulant pas le lui faire voir, la jeune fille garda également le silence. Et les minutes s'écoulèrent ainsi, dans une angoisse grandissante que les deux femmes voulaient se cacher l'une à l'autre.

Comme 10 heures venaient de sonner à l'église, puis à la vieille horloge de la cuisine, Mme Maru leva tout à coup un doigt.

— Ecoute ! dit-elle.

Lucie tendit l'oreille, et distinctement elle entendit au dehors un lointain roulement de voiture.

— Ce sont eux ! s'écria-t-elle. Tu vois bien, maman, que tu avais tort d'être inquiète.....

Sans répondre, Mme Maru se précipita dehors ; sa fille la suivit.

La soirée était brumeuse et froide, mais la lune, alors dans son plein, donnait par intervalles, lorsque sa clarté n'était pas masquée par les nuées blêmes que poussait dans le ciel un vent du Nord-Ouest. Et à sa clarté les deux femmes distinguèrent nettement, au bout de la rue, un chariot attelé d'un cheval blanc qui venait dans leur direction. Elles entendirent même nettement, dans le grand silence de la nuit, une voix jeune et sonore qui disait :

— Hue donc, Bayard !.....

— C'est Henri ! s'écria Lucie.

Elle rougit un peu et très vite ajouta :

— Ce sont eux, maman ; tu vois bien.....

Deux minutes après, le chariot s'arrêtait devant la cour. Un grand jeune homme sauta lestement à terre en disant :

— Bonsoir, Madame Maru! Bonsoir, Lucie!

II

CELUI QUI REVIENT.....

Ni Mme Maru ni sa fille ne répondirent. Du regard, elles venaient d'explorer le fond du chariot, où elles ne virent que deux bottes de paille.

— Comment ! tu es seul ? s'écria la fermière.

Le jeune homme, qui déjà s'affairait autour de Bayard pour le dételer, s'arrêta court.

— Mais bien sûr ! répondit-il en se retournant, l'air surpris.

— Et....., et..... Charles ?

— M. Maru ? Mais il doit être revenu depuis longtemps, voyons.....

— Oh ! gémit la fermière.

— Qu'est-ce que tu dis, Henri ? s'écria Lucie.

— Je dis que M. Maru, qui avait bu, m'a joué le même tour que l'an dernier, vous savez bien ?..... Tandis qu'ayant attelé Bayard je l'attendais, j'ai appris, vers 6 heures, qu'on l'avait vu sortir de la ville, se dirigeant sur la route de Verdun. Alors je suis parti sans plus attendre, comptant d'ailleurs le rejoindre..... Et il n'est pas encore revenu ?

— Mais tu vois bien que nous l'attendions !

— Oh! oh ! dit le jeune homme.

Déjà la fermière se lamentait :

— Je le sentais bien, moi, qu'il était arrivé quelque chose !
Où peut-il bien être à cette heure, mon Dieu ?

Lucie ne disait rien. Elle regardait Henri Collin. Tous deux, élevés pour ainsi dire côte à côte, s'aimaient depuis l'enfance ; on les considérait généralement comme fiancés. Les Maru avaient du bien, et Henri Collin ne possédait rien, mais il était intelligent, laborieux et honnête. Et l'on pensait que les deux jeunes gens finiraient par se marier plus tard. Dans tous les cas, chez les Maru, Henri Collin avait toujours été considéré comme un enfant de la maison.

Mais ce soir-là Lucie remarquait quelque chose d'anormal dans l'attitude du jeune homme. Le son de sa voix n'était pas le même que d'habitude. Et puis ses vêtements semblaient en désordre. Elle s'approcha de lui et le regarda mieux.

— Mais tu es plein de boue ! s'écria-t-elle.

Henri Collin, l'air absorbé, semblait réfléchir. Il répondit :

— C'est qu'il m'est arrivé un accident en route..... Mais il ne s'agit pas de ça. Je ne comprends pas comment M. Maru n'est pas encore rentré. D'après ce qu'on m'a dit, il serait parti bien avant six heures. Il aurait pu être ici à 8 heures, 8 h. 1/2 au plus tard.

— Et pourtant il n'est pas rentré.....

— Alors je n'y comprends rien !.....

— Mais toi, vers quelle heure as-tu quitté Roncourt avec la voiture ?

— Vers 6 heures.

— Vers 6 heures ? Et il en est 10 ! Tu as mis quatre heures pour faire un trajet qui ne demande guère plus de cinq quarts d'heure !

— Puisque je te dis qu'il m'est arrivé un accident en route !

— Ah ! Mais..... dit à son tour Mme Maru en regardant fixement le jeune homme, qu'est-ce que tout ça veut dire ?

Et, d'une voix brève :

— Allons, rentrons. Tu vas t'expliquer plus clairement, Henri..... Non, laisse Bayard..... Tu le dételleras après. Avant tout, il faut savoir.....

Tous trois pénétrèrent dans la cuisine. Et, à la clarté de la lampe, Henri Collin apparut couvert de boue de la tête aux pieds. Il en avait sur son chapeau de feutre noir. Sa pèlerine en était couverte. Et lorsqu'il enleva cette pèlerine, en entrant, on vit des plaques de boue jusque sur sa veste de drap gris.

Remarquant que les deux femmes le regardaient avec étonnement, le jeune homme répéta :

— Puisque je vous dis qu'il m'est arrivé quelque chose ! Je suis tombé de voiture en revenant. Et comme en tombant je me suis « reçu » sur la tête, j'ai roulé au fond du fossé, où je suis resté longtemps évanoui. Et dame, en ce moment, il y a quelque chose comme boue, dans le fossé de la route, vous devez vous en douter.

Sans répondre, Lucie le regardait avec attention. Blond, les traits réguliers, grand et mince, mais bien découplé, Henri Collin pouvait passer pour un beau garçon. Le regard de ses yeux gris bleu était très franc. Il avait le front haut et large. Une moustache naissante, d'un blond fauve, ombrageait sa lèvre supérieure. L'ensemble de sa physionomie respirait l'intelligence et la loyauté.

Mais, nous l'avons dit, ce soir-là, il y avait dans ses allures quelque chose d'embarrassé. Son beau regard droit était par moments vacillant. Son visage, ordinairement hâlé, semblait défait et marbré par places de plaques tantôt rouges, tantôt livides. Ses cheveux blonds étaient en désordre.

Lucie s'approcha tout près de lui et le regarda dans les yeux.

— Veux-tu que je te dise, Henri ? Eh bien, tu as l'air d'un homme qui a bu.....

Sans répondre, le jeune homme baissa la tête.

— Alors, c'est vrai ? Tu as bu ? interrogea à son tour Mme Maru de sa voix brève.

Il releva la tête et il dit :

— Oui, j'ai bu. Mais entendons-nous : je n'étais pas ivre, mais seulement étourdi. J'ai toujours su ce que je faisais.

— Et tu reviens seul ! dit doucement Lucie d'un ton de reproche.

De nouveau il baissa la tête. Il répondit :

— C'est vrai..... Mais ce n'est pas ma faute.....

— Mais explique-toi donc, à la fin ! s'écria Mme Maru, que l'angoisse affolait.

Henri Collin alla à l'évier, où il but deux verres d'eau coup sur coup. Puis il revint à côté des deux femmes et commença ainsi :

III

UN ÉTRANGE RÉCIT

— Eh bien, voilà ! Ce matin, en arrivant en ville, nous sommes descendus, comme d'habitude, au *Lion d'or*, où nous avons déjeuné à table d'hôte. Là M. Maru s'est retrouvé avec des amis, et, malgré mes observations, il s'est mis à boire plus qu'il ne convenait. Et même, loin de m'écouter, il a si bien fait que, moi aussi, j'ai bu un peu plus que de coutume. Après avoir mangé, on a pris le café, le pousse-café, puis on s'est mis à boire la bière. Bref, il était plus de 3 heures quand M. Maru s'est tout à coup souvenu qu'il avait des courses à faire. Il s'est levé en me disant :

— Toi, Henri, n'oublie pas d'atteler pour 5 heures, plutôt avant.....

Il était gris, mais il savait encore ce qu'il faisait. Moi, je vous l'ai dit, je n'étais qu'étourdi. C'était la première fois que la chose m'arrivait ; j'étais gai, je plaisantais, je riais sans savoir pourquoi. Mais jamais je n'ai perdu la tête, et je me souviens parfaitement de tout ce que j'ai fait.

A 5 heures moins 1/4, j'allai donc à l'écurie chercher Bayard, je l'attelai au chariot, je conduisis l'attelage devant le *Lion d'or* et j'attendis..... 5 heures, personne. 5 h. 1/4, 5 h. 1/2, 6 h. moins 1/4, toujours rien. Je m'impatientais, comme vous pensez ; je demandais à tous ceux que je connaissais : « Vous n'avez pas vu mon patron ? » Je questionnai ainsi une dizaine de personnes.

Il allait être 6 heures, et j'attendais sur la porte, lorsque le père Rigault, de Rompierre, rentra à l'hôtel. « Tiens, me dit-il, qu'est-ce que tu fais là ? Je vous croyais partis. » Je lui répondis : « J'attends mon patron. Vous ne l'avez pas rencontré ? — Le père Maru ? dit-il. Mais je viens de le voir rue Porte-à-Verdun. Il se dirigeait vers la sortie de la ville. ». Je n'en demandai pas plus. Le souvenir de son escapade de l'an dernier me revint et je dis : « Ça y est ! Il va encore me jouer le tour de l'année dernière ! Mais, cette fois, je ne l'attendrai pas toute la nuit..... »

Alors, je montai sur le chariot et je partis, comptant d'ailleurs fermement rejoindre M. Maru sur la route. Mettez-vous à ma place. Ai-je eu tort ?

— Alors ? interrogea la fermière sans répondre.

— Il n'était guère plus de 6 heures quand je sortis de Roncourt. Jusque-là, je ne m'étais pas senti incommodé par le léger abus de boisson que j'avais fait. Mais, dès que je me trouvai sur la route, assis et immobile sur le chariot en marche, le grand air me saisit. Il faisait froid et humide. Je sentis peu à peu l'engourdissement me gagner, et en même temps il me semblait voir tout tourner autour de moi. Je songeai vaguement que j'avais oublié d'allumer la lanterne et j'eus l'idée d'arrêter pour l'allumer. Mais j'étais tellement engourdi que je ne m'en sentis pas la force. Bayard marchait de son pas tranquille. Peu à peu, mes yeux se fermèrent, et je dus m'endormir.

Je me réveillai une première fois. En ouvrant les yeux, j'eus l'impression que le chariot était immobile. En effet, je ne sais pour quelle cause, Bayard était arrêté. Y avait-il longtemps ? Je ne pus le savoir, car l'idée ne me vint pas de regarder ma montre. Quoi qu'il en soit, à moitié endormi encore, je remis Bayard en marche et je m'assoupis de nouveau. Combien de temps se passa-t-il encore ? Je n'en sais rien. Toujours est-il qu'à un moment donné il me sembla rêver qu'une secousse violente me culbutait, en même temps que je ressentais une vive douleur à la tête. Puis plus rien.....

Quand je revins à moi, j'étais étendu au fond d'un fossé. La lune donnait. A sa clarté, je vis à ma gauche le chariot, toujours attelé de Bayard, arrêté auprès d'un arbre. Sans rien comprendre encore, je me relevai. Je ressentais une douleur sourde à la tête, j'avais la bouche pâteuse et j'étais transi et courbaturé. Il me semblait que je venais de dormir. Je vis mon chapeau à quelques pas de moi, je le ramassai, et, faisant le tour du chariot, qui était tout près du fossé, je remontai sur l'accotement de la route.

Une fois là, je constatai deux choses qui me plongèrent dans la stupéfaction la plus profonde : la lanterne du chariot était allumée et Bayard était attaché par la bride à l'arbre près duquel il était arrêté. *Or, j'étais sûr de n'avoir pas allumé la lanterne, et je ne me souvenais pas du tout avoir attaché Bayard !*

En y regardant mieux, je pus toutefois m'expliquer en partie ce qui était arrivé. Dans mon engourdissement, j'avais dû laisser la bride sur le cou à Bayard. Or, vous savez que Bayard a toujours eu la manie de tenir sa droite. Abandonné à son seul instinct, et pendant que je dormais probablement, il la tint, cette fois, de trop près. Comme on prépare le rechargement de la route, il y a en ce moment des tas de pierres de distance en distance sur l'accotement. A force de tirer sur sa droite, Bayard a dû amener le chariot à proximité de ces tas de pierres. Et, à un moment donné, le chariot est monté sur l'un d'eux, d'où les secousses qui m'ont jeté en bas de la voiture. Malheureusement, je suis tombé sur la tête, et, évanoui, j'ai roulé au fond du fossé. Les choses ont dû arriver ainsi, car la roue droite d'arrière du chariot était à peine à trente centimètres d'un tas de pierres, et celui-ci était éventré.

— Mais comment Bayard se serait-il arrêté de lui-même ?

— Parce que je tenais toujours les guides, et qu'en tombant j'ai dû les entraîner avec moi. La secousse s'est communiquée au mors, et Bayard a cru que je lui demandais de s'arrêter.

Lucie ne dit rien, Mme Maru hocha la tête.

— C'est bien drôle, tout ça, avoue-le..... Enfin !..... Et après ?

— Après ? Eh bien, sans m'attarder davantage, j'ai détaché Bayard, je suis remonté dans le chariot, et me voilà. En repartant, j'ai consulté ma montre : il était un peu plus de 9 heures. Je ne puis assurer que j'ai passé tout ce temps-là au fond de mon fossé, car j'ignore depuis combien de temps Bayard était arrêté, la première fois que je me suis réveillé. Tout ce que je puis dire, c'est que l'accident m'est arrivé à environ quatre kilomètres de Roncourt, avant d'arriver au chemin qui prend à gauche de la route et qui mène à Riaville.

— Tout cela est bel et bon, dit encore la fermière. Mais Charles, qu'est-ce qu'il est devenu dans tout ça ?

— Ecoutez, Madame Maru. A bien réfléchir, il n'y a pas à s'inquiéter. Pour moi, voilà ce qui est arrivé. Le père Rigault a dû se tromper et M. Maru n'était pas reparti ; il a dû seulement s'attarder quelque part. Alors, lorsque, revenu au *Lion d'or*, il a appris que j'avais filé sans lui, il aura couché en ville, voilà tout.

Après tout, la chose était vraisemblable. Ce fut sans doute la pensée de Mme Maru, car elle ne répondit pas.

— Maintenant, reprit le jeune homme, pour vous tranquilliser, voilà ce que je peux faire. Bayard est encore attelé. Je vais retourner tout de suite à Roncourt. Je ne manquerai pas de retrouver M. Maru au *Lion d'or*. Je le ramènerai, ou, s'il n'est pas en état de revenir tout de suite, moi je reviendrai du moins vous rassurer. En poussant un peu Bayard, c'est l'affaire de trois heures à peine.

— Non, dit la fermière, après avoir réfléchi. A cette heure, tout le monde est couché en ville. Et si Charles n'était pas au *Lion d'or* tu ne trouverais personne pour te renseigner. Détèle Bayard et va te coucher. Seulement, tiens-toi prêt à te lever de bonne heure pour atteler. Si Charles n'est pas rentré dans la nuit, nous retournerons ensemble en ville demain, à la première heure.

— Alors, vous ne voulez pas que.....

— Non, te dis-je. Cela ne servirait à rien. Et puis, dans ton état, il vaut mieux que tu dormes quelques heures.....

L'allusion sembla remplir le jeune homme de confusion. Quoi qu'il en soit, il n'insista pas. Il se leva et sortit en disant timidement :

— Bonsoir, Madame Maru ! Bonsoir, Lucie !

— Bonsoir ! répondit la fermière d'un ton bref.

Lucie n'avait pas semblé entendre. Et, voyant qu'elle ne le regardait même pas, Henri Collin sortit en soupirant.

Un quart d'heure plus tard, ayant dételé et soigné Bayard, il quittait la ferme en tirant sur lui la porte à claire-voie de la cour. Il allait, comme d'habitude, coucher chez ses parents, car il était seulement nourri à la ferme. En sortant, il constata qu'il n'y avait plus de lumière dans la cuisine. Mme Maru et sa fille avaient probablement pris le parti d'aller reposer.

Cinq minutes après, le jeune homme était à son tour dans son lit. Mais on peut penser qu'aucun de nos trois personnages ne dut beaucoup dormir cette nuit-là.

IV

QU'EST DEVENU M. MARU ?

La nuit se passa et M. Maru ne rentra pas.

Le lendemain matin, dès 5 heures, Mme Maru, qui n'avait pu fermer l'œil, était sur pied. Déjà Henri Collin attelait

Bayard. Et tout de suite ils partirent, silencieux tous deux, avec en eux-mêmes la hantise d'un pressentiment angoissant.

Ils arrivèrent en ville à l'aube. Et au *Lion d'or* ils se renseignèrent : M. Maru n'était pas là !

La veille, il était rentré à l'hôtel vers 6 h. 1/4. Quand il avait su ce qui s'était passé, il avait d'abord tempêté, avec force imprécations, contre son « commis », filé sans lui avec la voiture. Puis il avait pris le parti de s'en aller à pied.

— J'ai ma « paille », avait-il dit. Après tout, une promenade de douze kilomètres me fera du bien.

Et il était parti.

Mais était-il passé par la route ou par le canal ? Au *Lion d'or*, on ne put répondre à cette question capitale et angoissante. Ce ne fut que dans la matinée qu'Henri Collin put voir deux jeunes gens qui, revenant la veille au soir de Riaville, par le canal, avaient rencontré le « père Maru », comme on l'appelait, sur le chemin de halage, à quelque distance de la ville. Ils avaient même remarqué que le fermier devait avoir bu, car il « festonnait » quelque peu en marchant.

Dès lors, les suppositions les plus inquiétantes étaient permises. Et Mme Maru prit le parti de s'adresser à la police. Celle-ci enquêta immédiatement, d'abord en ville, puis dans les environs. En ville, on avait vu la veille au soir le père Maru dans différents cafés, *mais avant 6 heures*. Depuis 6 h. 1/2, heure à laquelle l'avaient rencontré les deux jeunes gens dont nous avons parlé, nul n'avait vu le disparu, ni en ville, ni sur le chemin de halage, ni sur la route. Et la journée se passa sans que M. Maru fût retrouvé.

Le lendemain, la gendarmerie vint en aide à la police. Par ses soins, des recherches furent faites aux environs du canal et de la route. On ne découvrit rien de suspect. Et ce fut en vain qu'on enquêta dans tous les villages environnants. On ne put découvrir aucune trace du fermier ; nul ne l'avait vu ni sur le canal ni sur la route depuis le 12 octobre, à 6 h. 1/2 du soir.

Immédiatement connue, cette disparition soudaine et mystérieuse provoqua partout une émotion extraordinaire. Le « père Maru », comme tout le monde l'appelait, était très connu dans la région, estimé de tous et généralement aimé pour sa bonne humeur et la rondeur de ses manières. Et dès le lendemain on ne s'entretenait partout que de sa disparition.

Le surlendemain 14, des rumeurs commencèrent à courir, d'une précision singulière. On se répétait que le fermier avait été dévalisé, puis jeté à l'eau dans le petit bief, entre les deux écluses. Un peu plus tard, on apprenait que l'éclusier de Riaville, dont la maison était située entre les villages de Riaville et de Leuzoy, était venu déclarer spontanément à la police que dans la soirée du 12, vers 7 h. 1/2, il avait vu un homme quitter le chemin de halage, non loin de son écluse, se jeter à travers champs et se hâter dans la direction de la route.

Dès lors, la rumeur publique s'amplifia. Nul ne songea plus à admettre l'hypothèse d'une fugue ou d'un accident. Et l'idée d'un crime s'établit, tellement impérieuse que, sous la pression de l'opinion, la police dut, dès le 15, faire des recherches dans le canal même, en commençant par le petit bief, près de l'écluse d'amont. Jusqu'au 16 au soir, les recherches demeurèrent vaines.

Mais le 17 au matin, un des bateliers qui sondaient le canal appela pour qu'on l'aidât. Sa gaffe venait de crocher « quelque chose de gros et de lourd », disait-il. Ce quelque chose fut amené sur la berge : c'était le corps de M. Maru.

Le visage du noyé était violacé, mais calme. On ne remarqua dans ses vêtements aucun désordre. Il n'y avait sur son corps aucune trace de blessure ni la moindre ecchymose. Et le diagnostic du médecin légiste fut que le père Maru avait été foudroyé par une congestion consécutive à une brusque immersion dans l'eau glacée.

Toutes ces circonstances faisaient qu'on aurait pu croire à un pur accident, facile à admettre, étant donné l'état d'ivresse dans lequel le fermier se trouvait lorsqu'il se mit en route pour regagner Leuzoy à pied.

Mais si l'on retrouva sur lui sa montre et son porte-monnaie contenant une soixantaine de francs, il fut impossible d'y découvrir son portefeuille. Or, il était établi nettement qu'en quittant Roncourt le père Maru avait ce portefeuille sur lui, dans la poche intérieure de sa veste, et que ce portefeuille contenait quinze cents francs en billets de banque.

Donc, le père Maru avait été dévalisé ; donc il ne s'agissait plus d'accident, et l'idée d'un crime s'imposait.

Mais quel était le coupable ?

Or, dès le surlendemain de sa disparition, *trois jours avant* que le corps du père Maru fût découvert, hautement, presque impérieusement, la rumeur publique citait un nom et disait : « C'est celui-là ! »

V

CELUI QUI N'OSE PLUS SE MONTRER

En dehors de la famille du défunt, le plus affecté par ce drame semblait être certainement Henri Collin.

En somme, d'avoir obligé M. Maru à revenir à pied, seul dans la nuit, le jeune homme avait une grande part de responsabilité dans la mort de son patron. Pour être involontaire, cette responsabilité n'en existait pas moins, et il était assez intelligent pour le comprendre.

Ni Mme Maru ni sa fille ne lui avaient fait de reproches. Mais ces reproches il avait dû les sentir dans leur attitude à toutes deux, dans leur accent lorsqu'elles lui parlaient, enfin dans leur façon d'être avec lui, qui trahissait une gêne douloureuse.

Et cette attitude gênée qu'il avait remarquée à la ferme, il la constatait ailleurs sans paraître la comprendre.

Lorsqu'en compagnie de Mme Maru il s'était adressé à la police pour la charger des recherches nécessaires, il avait dû naturellement expliquer pourquoi il était parti sans attendre son patron et faire le récit de son retour solitaire et mouvementé. Ce récit, il l'avait fait depuis à l'un, à l'autre, à tous ceux qui le questionnaient, avec cette curiosité qu'éveille un drame dans ces campagnes paisibles. Et lorsqu'il avait fini, presque tous ceux qui l'avaient questionné ainsi hochaient la tête et le quittaient sans rien dire, l'air embarrassé.

Mais ce fut bien pire encore lorsque le corps du père Maru fut retrouvé dans le canal. On ne se contenta plus d'avoir l'air gêné devant Henri Collin, on mit à l'éviter une telle affectation qu'il fut bien obligé de s'en apercevoir. Pourtant, il né demanda aucune explication. Mais visiblement il changeait. On le rencontrait la tête basse, la figure défaite, ne causant à personne, avec une attitude de coupable.

Il n'avait probablement pas pu continuer à supporter la vue journalière de Mme Maru et des deux orphelins, car il était revenu chez ses parents. Et bientôt il en vint à ne plus sortir ; il passait ses journées à rôder dans la maison paternelle, morne, hébété, ainsi qu'un corps sans âme.

Ses parents semblaient aussi malheureux que lui. Il avait dû tout leur expliquer dès le début. Sa mère, faible de santé, au visage prématurément vieilli par la souffrance et les tracas, avait hoché la tête sans rien dire pendant son récit. Son père, lui, l'avait entraîné au jardin sous un prétexte quelconque. Et dès qu'ils s'étaient trouvés seuls ensemble, il avait dit, en regardant son fils dans les yeux :

— Alors, tu avais bu ?

Le jeune homme avait baissé la tête.

— Oui, mais je vous assure que je n'étais pas complètement ivre.

— N'importe ! Tu as bu. Tu as oublié ce que je t'ai dit si souvent.....

Sa voix était plutôt inquiète que sévère. Lui aussi semblait vieilli avant l'âge. Sa haute taille restait droite. Mais depuis qu'il se souvenait, Henri Collin avait toujours connu à son père un visage fermé et triste et une humeur taciturne. D'ailleurs, il savait que jadis ses parents avaient eu des malheurs. Possesseurs de biens assez considérables, ils avaient eu toutes les malchances, des années successives de mauvaises récoltes, du bétail qui mourait, enfin tout ce qui peut arriver à un cultivateur lorsque le malheur s'acharne après lui. Le dernier coup fut la mort de leur fille, l'aînée d'Henri, qu'ils perdirent à quinze ans, à la suite d'un accident bêtement tragique : une fourche qui était tombée sur le pied de la jeune fille ; deux pointes avaient traversé le cuir de la bottine et produit deux blessures insignifiantes auxquelles on n'avait même pas fait attention sur le moment. Mais cinq jours plus tard Gabrielle Collin mourait, emportée par le tétanos.

Jamais Mme Collin ne se releva complètement de ce coup. Fou de douleur, le père, lui, pendant quelques semaines, ne songea qu'à son chagrin et oublia le reste. Ce furent les huissiers qui vinrent le tirer de sa torpeur. Il avait emprunté sur son bien, les années précédentes. Et les créanciers s'impatientaient. Il fallut vendre.....

Pourtant, la vieille maison familiale leur resta, ainsi qu'une dizaine d'hectares. M. Maru avait eu pitié de ces honnêtes gens accablés par tant de malheurs successifs. Sans garantie, il avait prêté à M. Collin quelques billets bleus, pour lui permettre de conserver sa maison et un peu de bien. En même temps il prenait Henri chez lui, le considérant tout de suite non comme un domestique, mais comme un autre de ses enfants.

Sept années s'étaient passées depuis. Un petit héritage avait permis aux Collin de rembourser M. Maru et d'ajouter quelques hectares de plus aux débris de leurs biens qu'ils avaient pu jadis arracher aux créanciers. Certes, ce n'était pas la richesse, ce n'était pas même l'aisance, mais c'était la sécurité ; c'étaient, assurés pour la vie, un toit et un morceau de pain. A présent, les Collin semblaient satisfaits de leur sort. D'ailleurs, même au temps de leurs plus grands malheurs, personne ne les avait jamais entendus se plaindre.

Henri Collin semblait penser à ces choses, tandis que son père, arrêté devant lui, le regardait. Comme son fils ne répondait pas, le vieillard reprit :

— Car depuis que tu es en âge de comprendre je n'ai cessé de te le répéter : dans notre famille, il ne faut pas boire.

Sa voix se fit basse et sourde :

— Je ne te parlais pas ainsi sans motifs. T'es-tu demandé pourquoi tu ne m'as jamais vu sourire ? Pourquoi tu ne m'as jamais vu boire autre chose que de l'eau ? Tu vas avoir vingt ans, tu es en âge de tout apprendre. Qui sait si je n'ai pas trop tardé déjà ? Sache donc que, comme toi, j'étais venu jusqu'à près de vingt ans sans avoir bu. Un jour, par surprise, je me suis trouvé ivre, et j'ai failli tuer un homme !.....

Le père posa une main qui tremblait un peu sur le bras de son fils. Et, le regardant fixement, il demanda :

— Me jurerais-tu, à moi, avoir dit la vérité, toute la vérité, rien que la vérité, tout à l'heure ?

Sans hésitation apparente, le jeune homme étendit la main :

— Je vous le jure ! dit-il.

Son père le regardait toujours, et sous ce regard le jeune homme ne baissa pas les yeux.

La main du vieillard retomba lentement. Il baissa la tête, pensif. Il y eut un silence. Puis M. Collin demanda encore :

— Es-tu sûr d'être demeuré évanoui au fond du fossé de la route autant de temps que tu dis ?

— Je..... je ne comprends pas. Expliquez-vous mieux.....

— Comprends-moi bien : es-tu sûr d'être *toujours* resté au fond du fossé entre le moment où tu es tombé de voiture et celui où tu es revenu à toi ?

— Mais, père, réfléchissez : comment aurait-il pu en être autrement, puisque je me suis évanoui immédiatement après être tombé de voiture ?

— Lorsque tu es revenu à toi, quelle fut ton impression ?

— J'eus absolument l'impression de m'éveiller.

— Tu n'aurais donc pas été évanoui, mais simplement endormi ?

Henri sembla réfléchir quelques secondes. Puis il répondit :

— Je ne sais pas. Après tout, c'est possible.

M. Collin n'insista pas. Et tous deux, lentement, revinrent vers la maison.

Mais une préoccupation nouvelle semblait s'ajouter à celles qui, depuis quelques jours, assiégeaient Henri Collin. Son front s'était assombri encore et ses larges épaules se voûtaient un peu, comme sous le poids d'un fardeau trop lourd. Par instants, ses lèvres tremblaient. Peut-être songeait-il à la redoutable révélation de tout à l'heure : « Un jour, par surprise, je me suis trouvé ivre, *et j'ai failli tuer un homme.* »

Au moment où ils allaient rentrer, M. Collin s'arrêta.

— Alors, tu ne veux plus retourner à la ferme ?

Sans répondre, Henri baissa la tête.

— Parle ! Pourquoi ?

— Je..... je n'ose plus.....

— Mais, encore une fois, pourquoi ?

— De *les* voir, cela me rend trop malheureux..... Si vous saviez !..... Si vous saviez !.....

Son père le regardait, semblant attendre. Mais Henri n'ajouta rien. Alors M. Collin poussa un soupir et, silencieux, tous deux rentrèrent.

VI

LE COUPABLE, C'EST VOUS !

Deux jours plus tard, Henri Collin recevait du juge d'instruction de Roncourt une citation à comparaître à son cabinet le lendemain matin, en qualité de témoin.

Le jeune homme ne parut concevoir nul émoi de cette citation. Tout, d'ailleurs, semblait lui être devenu indifférent. Il effectua donc à pied le voyage de Leuzoy à Roncourt, et à l'heure indiquée il se trouvait dans le cabinet du juge d'instruction.

Tout de suite, celui-ci, petit, mince, la figure maigre barrée de fortes moustache brunes, dévisagea le jeune homme avec une insistance que celui-ci ne remarqua point. Le greffier, du reste, semblait partager cette animosité.

— Je vous fais venir, dit le magistrat, pour entendre le récit des circonstances qui, le 12 octobre dernier, vous ont amené à quitter Roncourt sans attendre votre patron, ainsi que des incidents qui ont marqué votre retour. Vous devez comprendre que, dans une affaire aussi mystérieuse que celle-ci, la justice ne doit négliger aucun indice. Or, dans votre déposition, peut-être trouverons-nous une circonstance susceptible de nous mettre sur la trace de la vérité. C'est pourquoi je vous prierai de bien vouloir entrer dans tous les détails, sans négliger ceux qui pourraient vous sembler insignifiants.

Le jeune homme ne songea sans doute pas à faire remarquer que ce récit qu'on lui demandait il l'avait déjà fait quelques jours auparavant au commissaire de police, et que sa précédente déposition devait être entre les mains du magistrat qui le questionnait. Quoi qu'il en soit, sans faire aucune observation, il raconta de nouveau ce que nous savons.

Lorsqu'il eut fini, le juge d'instruction demeura un instant silencieux. Il avait, en effet, sous les yeux, la première déposition qu'Henri Collin avait faite au commissaire de police. Or, entre cette déposition et celle qu'il venait d'entendre, il y avait une similitude parfaite de sens, sinon d'expressions. Le magistrat en parut déçu. Mais cette expression de contrariété dura peu. Et lorsqu'il releva la tête, son visage était absolument impassible.

— Ainsi, dit-il, vous êtes parti seul parce que vous croyiez que votre patron, vous oubliant, était déjà sur la route de Leuzoy ?

— J'en étais persuadé, Monsieur.

— Mais qu'est-ce qui avait pu contribuer à vous donner cette conviction ?

— Je l'ai dit : d'abord le précédent de l'an dernier. Puis les dires du père Rigault, qui, entrant au Lion d'or alors que j'attendais M. Maru depuis trois quarts d'heure déjà, m'a déclaré l'avoir vu à la sortie de la ville, se dirigeant vers la route.

— Mais ne saviez-vous pas que M. Maru avait affaire de ce côté-là ? Il vous l'a dit lui-même, tandis que vous déjeuniez ensemble à table d'hôte. Voici à peu près ses paroles : « Ça me fait penser qu'il faudra que j'aille aussi chez Robart, le bourrelier, pour les harnais. » *Or, le bourrelier en question demeure tout au bout de la ville, précisément sur la route de Verdun.* Vous n'aviez donc, aucune raison d'interpréter comme un départ la présence de votre patron dans ces parages. Oui ou non, M. Maru a-t-il tenu en votre présence le propos que je viens de répéter ?

Henri Collin baissa la tête. Il prononça :

— Oui, il a dit ça. Mais, je le répète, Monsieur, pour la première fois de ma vie j'étais un peu ivre et n'avais pas les idées bien nettes. Au moment où le père Rigault m'a causé, j'avais oublié tout à fait le détail dont vous me parlez. Il ne m'est venu qu'une idée : c'est que M. Maru allait rééditer sa fugue de l'année précédente. Et je suis parti seul, comptant d'ailleurs le rejoindre sur la route.

— Vous étiez ivre, dites-vous ? Pourtant, ceux qui vous ont approché ce soir-là n'ont rien remarqué d'anormal dans votre attitude.

— Je n'étais pas ivre à tomber, Monsieur, mais seulement étourdi. Et puis, inconsciemment, je me raidissais pour que mon état ne fût pas remarqué.

— Et c'est la première fois, dites-vous, qu'il vous arrive de boire avec excès ?

— La première fois, oui, Monsieur.

— Cette première..... défaillance a eu de bien tristes conséquences. Avouez que ce fait constitue une coïncidence malheureuse.

Une fois de plus, le jeune homme baissa la tête. Et il répondit presque à voix basse :

— Hélas ! Je le sais bien !.....

Mais le magistrat n'insista pas sur ce point.

— Donc, reprit-il, vous comptiez rejoindre votre patron sur la route ?

— Au moment où je suis parti, j'y comptais, oui, Monsieur.

Entre l'instant où M. Maru avait été vu route de Verdun et celui où je quittai le *Lion d'or* avec le chariot, il ne s'était guère écoulé plus d'une demi-heure. Je pouvais donc espérer le rejoindre à trois ou quatre kilomètres de Roncourt.

— Si vous aviez cet espoir, comment expliquez-vous alors qu'à peine sorti de Roncourt vous vous soyez endormi sur votre chariot ?

— Dans l'état où j'étais, le grand air m'a saisi. Tout engourdi et sentant le sommeil me gagner, j'ai essayé de réagir, mais en vain. J'ai fini par m'endormir. Vous savez ce qui s'en est suivi.

— Oui, vous vous êtes réveillé deux fois ; la première, en constatant que votre cheval s'était arrêté. Depuis combien de temps était-il arrêté lorsque vous vous êtes éveillé ?

— C'est ce qu'il m'est impossible de savoir.

— Naturellement. Et la deuxième fois vous vous éveillâtes au fond d'un fossé, près de votre chariot encore une fois arrêté.

— Je vous ai expliqué que.....

— Oui..... oui..... Vous étiez tout endormi, tombé de voiture d'une façon si malheureuse que vous êtes resté évanoui deux heures, peut-être plus. Mais à propos, puisque vous êtes tombé si rudement sur la tête, il a dû en résulter une blessure ?

— Une blessure, non ; une forte contusion simplement. Lorsqu'en revenant à moi j'ai porté la main à l'endroit douloureux, je n'y ai senti qu'une bosse, assez volumineuse, mais dont il ne reste plus trace à présent.

— Et une simple bosse aurait provoqué un évanouissement de plus de deux heures ?

— Je ne crois pas, Monsieur. Depuis, j'ai réfléchi, et voici, je crois, ce qui a dû se passer. Je suis donc tombé de voiture sur la tête et ai roulé au fond du fossé. Le choc m'a simplement étourdi, et comme mon ivresse n'était pas dissipée, mon étourdissement a dû faire immédiatement place au sommeil.

— Pas mal ! fit le juge.

— Comment dites-vous, Monsieur ? demanda le jeune homme surpris.

— Je dis, répondit le magistrat avec une certaine vivacité, je dis que votre explication peut paraître plausible. Donc, lorsque vous êtes revenu à vous, ou, si vous le préférez, lorsque vous vous êtes éveillé, vous avez trouvé votre cheval attaché et votre lanterne allumée ?

— Oui, Monsieur.

— Et vous n'aviez ni attaché l'un ni allumé l'autre ?

— Comment l'aurais-je pu, puisque je n'ai pas cessé d'être évanoui — ou endormi — entre le moment où j'ai été projeté hors du chariot et celui où je suis revenu à moi ?.....

— Avouez que voilà une circonstance bien extraordinaire !

— Permettez-moi, Monsieur, de trouver à ce fait une explication toute naturelle, la première, d'ailleurs, qui m'est venue à l'esprit. Quelqu'un aura passé sur cette route, assez fréquentée, vous le savez. Et, ne pouvant me voir de l'autre côté du chariot, dans le fossé où j'avais roulé, ce quelqu'un aura cru mon attelage abandonné et, par prudence, aura attaché Bayard et allumé la lanterne.

— L'explication serait assez naturelle, en effet. Malheureusement, rien ne nous permet d'en faire état. Vous conviendrez avec moi que la personne qui aurait agi ainsi n'avait aucune raison de s'en cacher ?

— En effet.

— Or, par mes soins, des informations ont été prises dans tous les environs, en vue de connaître la personne qui, dans la soirée du 12, entre 6 h. 1/2 et 8 heures, aurait attaché le cheval attelé à un chariot qui semblait abandonné sur la route de Verdun, à environ quatre kilomètres de Roncourt. Il a été impossible de trouver cette personne. Il a été également impossible de trouver quelqu'un qui ait remarqué, *avant 7 h. 1/2 du soir*, la présence d'un chariot arrêté à cet endroit, sur le côté de la route. En revanche, de 7 h. 1/2 à 9 heures, six personnes, six voyageurs qui passaient par là, ont parfaitement vu votre chariot. Tous affirment que la lanterne était allumée, et trois d'entre eux, qui se sont arrêtés, ont constaté, de plus, que le cheval, un cheval blanc déjà âgé, était attaché par la bride à un arbre.

— Que voulez-vous que je vous dise, Monsieur ? Celui qui a attaché Bayard et allumé la lanterne peut avoir ses raisons pour ne pas se faire connaître.

— En ce cas, le plus simple eût été pour lui de s'abstenir et de ne pas signaler ainsi son passage.

— Mais enfin, Monsieur, excusez-moi, mais ce détail sur lequel vous insistez ainsi a-t-il tant d'importance ?

Le juge eut un étrange sourire.

— Une importance extrême, répondit-il, surtout pour vous. Et vous devez vous en douter.

— Moi ? fit le jeune homme étonné.

Alors le magistrat se leva. Et, la voix sévère, changeant subitement d'attitude et de ton :

— Allons, Collin, dit-il, assez de mensonges ! Vous sentez bien que votre système ne tient pas debout. Depuis le soir du 12 octobre jusqu'à présent, vous jouez une indigne comédie. Et vous feriez mieux d'avouer tout de suite.

Henri Collin écoutait, béant. Il était resté assis, avec, sur ses genoux, son chapeau qu'il faisait tourner machinalement entre ses doigts. Il avait entendu et semblait ne pas comprendre. Il regardait le magistrat fixement, sans rien dire. Sur sa figure défaite, il y avait l'expression d'une immense stupeur.

— M'avez-vous entendu ? insista le juge.

— Je..... je ne comprends pas.

L'autre haussa les épaules.

— Eh bien, dit-il, je vais vous faire comprendre, moi. Le coupable, celui qui a assassiné M. Maru, c'est vous !.....

VII

JE SUIS INNOCENT !.....

Si le magistrat s'attendait à voir bondir le jeune homme, avec des grands gestes et des éclats de voix, il dut être déçu.

Henri Collin dit simplement : « Oh ! » mais il ne bougea pas. Il ne s'indigna pas. Il resta assis. Il regardait toujours fixement le juge d'instruction, mais il ne le voyait certainement pas. Sa pensée était ailleurs. S'expliquait-il à présent l'attitude à son égard de Mme Maru et de sa fille, ainsi que de tous ceux du village ? Pensait-il aux questions de son père, l'avant-veille : « Es-tu sûr d'être *toujours* resté dans le fossé entre le moment où tu es tombé de voiture et celui où tu es revenu à toi ? »

Quoi qu'il en soit, il ne disait rien. Et, le voyant silencieux, le magistrat prononça :

— Alors, vous ne niez pas ?

Le jeune homme releva la tête. Il semblait s'éveiller.

— Nier quoi ? demanda-t-il, très calme. Ah ! oui, fit-il, comme s'il se souvenait soudain. Ainsi, c'est sérieusement qu'on m'accuse d'avoir assassiné M. Maru ? Car vous m'accusez, n'est-ce pas ? Eh bien, cette accusation est tout simplement ridicule.

Et il haussa douloureusement les épaules, puis continua :

— Je vous remercie, Monsieur, d'avoir eu le courage de m'accuser franchement. Là-bas, au village, j'avais remarqué combien tout le monde avait changé pour moi ; on m'évitait, on me fuyait. J'avais mal interprété ce changement d'attitude. A présent, je comprends tout. Il a suffi d'un imbécile qui dise le premier : « Ça ne peut être que lui qui a assassiné le père Maru. » Et tout le monde a suivi. Ça n'empêche pas que c'est idiot, tout simplement. Tellement idiot que je ne veux même pas me défendre. Pourquoi aurais-je tué mon patron, qui avait toujours été si bon pour moi et surtout pour les miens, et que j'aimais comme un second père ? Et puis comment, à quel moment l'aurais-je fait ? Tout ça, c'est des bêtises, Monsieur. Je suis déjà bien assez malheureux comme ça.

Imaginez-vous quelle est ma vie, depuis ce jour-là ? Car la vérité est que je suis coupable, mais pas comme on l'entend... C'est moi qui suis, en effet, la cause de tout. Si je n'avais pas été à moitié ivre ce jour maudit, je ne serais pas parti seul avec la voiture, je n'aurais pas obligé M. Maru à s'en aller à pied dans la nuit, seul et ivre aussi, et d'autant plus exposé à des rencontres dangereuses qu'on savait qu'il avait sur lui de l'argent. C'est donc moi qui l'ai envoyé à la mort. Voilà ma véritable faute, Monsieur, et la seule. Et c'est bien assez pour moi, vous pouvez le croire. Après cela, on peut m'accuser de tout ce qu'on voudra. Qu'est-ce que vous voulez que ça me fasse ? Je n'ai plus ni courage ni envie de vivre. Si je n'étais pas chrétien, je me serais jeté à l'eau, moi aussi, pour en finir avec cette pensée qui me ronge, qui me tue, et pour ne plus voir la femme que j'ai rendue veuve et les enfants que j'ai rendus orphelins. Ainsi, vous voyez bien que vous pouvez dire, que vous pouvez faire tout ce que vous voudrez... Mon Dieu, s'il vous faut un coupable, prenez-moi ; autant moi qu'un autre. D'ailleurs, j'ai mérité d'expier.....

Henri Collin se tut. Il avait parlé d'une voix tranquille et lasse. Et il avait l'air si malheureux et si résigné que le magistrat en fut impressionné.

— Comprenez-moi bien, Collin, dit-il d'une voix plus douce. On ne vous accuse que parce que toutes les preuves sont contre vous. Mais vous avez le droit de vous défendre. A présent que vous êtes ici, non plus comme témoin, mais comme inculpé, je n'ai plus le droit de vous interroger sans que vous soyez assisté d'un avocat. Mais je puis, afin que vous n'en ignoriez, vous énumérer toutes les charges qui pèsent sur vous, charges que les termes mêmes de votre déposition ont corroborées.

Vous avez dit tout à l'heure : « Pourquoi aurais-je tué mon patron? » La rumeur publique vous répond : « Pour le voler. » Tout le monde s'accorde à vous reconnaître une intelligence au-dessus de la moyenne ; vous lisez beaucoup, et vous êtes plus instruit que ne le sont généralement, non seulement les domestiques de culture comme vous, mais encore beaucoup de cultivateurs. Or, à quelques-uns de ceux qui s'étonnaient de vous voir rester simple valet de ferme avec de pareilles dispositions, vous avez souvent répondu : « Oh ! je ne compte pas passer ma vie ici, j'ai d'autres ambitions et j'attends. » Ce que vous attendiez, n'était-ce pas une occasion de vous procurer l'argent qui vous manquait pour quitter Leuzoy et aller tenter la fortune ailleurs, probablement dans une grande ville? Or, ce serait pour vous procurer cet argent que vous auriez tué votre patron. Voilà pour le mobile du crime.

Maintenant, passons à l'exécution. Vous devez vous rendre compte que ce qui est accablant pour vous, c'est d'avoir *oublié* que dans l'après-midi du 12 votre patron avait affaire, rue Porte-à-Verdun, à l'extrémité de la ville, et d'avoir prétexté cet oubli pour pouvoir vous en aller seul, en obligeant M. Maru à partir à pied. C'est aussi — j'allais dire surtout — ce récit étrange que vous avez fait de votre retour, récit arrangé de telle sorte qu'il est absolument impossible de savoir exactement ce que vous avez fait de 6 h. 1/2 à 9 heures du soir. C'est enfin cet épisode fantastique dudit récit, selon lequel votre cheval se serait attaché et votre lanterne se serait allumée tout seuls !

La vérité, c'est que vous ne vous êtes jamais endormi sur votre chariot, c'est qu'arrivé à quelques kilomètres de Roncourt vous avez arrêté volontairement votre attelage, et qu'après avoir attendu un certain temps — le temps qu'il fallait à M. Maru, pour se mettre en route — vous avez vous-même attaché Bayard et allumé votre lanterne. Pourquoi ? Pour être sûr de retrouver votre attelage au retour. *Il fallait absolument que vous soyez sûr de le retrouver.* C'est pourquoi, en dépit de tous les inconvénients que présentait la chose, une fois Bayard attaché, vous avez allumé la lanterne. Ainsi éclairé, votre attelage serait sans doute remarqué, mais il le serait bien plus encore si sa présence insoupçonnée venait à provoquer un accident.

Donc, votre cheval attaché et votre lanterne allumée, vous vous en allez. Où ? Vers le canal. Quoi faire ? Attendre M. Maru. Car vous savez que quand, pour une cause ou pour une autre, M. Maru revient à pied de Roncourt, il revient toujours par le canal. C'est chez lui une habitude, une manie si vous préférez. On l'a entendu répéter vingt fois que pour un homme seul, et surtout de nuit, il estimait le chemin de halage moins dangereux que la route, à cause du petit bois qu'il faut traverser sur celle-ci, à deux kilomètres de la ville, et, selon lui, propice aux mauvais coups.

Donc, vous saviez que, dès l'instant où vous aviez obligé votre patron à revenir à pied, celui-ci reviendrait par le canal. C'est, d'ailleurs, une des raisons qui vous avaient fait arrêter votre attelage non loin du chemin qui, sur la gauche, conduit à Riaville et, ne l'oubliez pas, *au canal*. Ayant quitté votre attelage, vous prenez ce chemin, et vous arrivez sur le chemin du halage. Vous ne vous pressez pas, vous savez que vous avez le temps. Après, que s'est-il passé ? Vous seul et Dieu le savez. Il est probable que, M. Maru tardant à venir et las de l'attendre à proximité de l'écluse d'amont, vous êtes allé au-devant de lui. Vous avez fini par le rencontrer, et, profitant de son état d'ivresse, vous lui avez pris son portefeuille d'une manière ou d'une autre, et ensuite, d'une poussée, vous l'avez précipité dans le canal, où la congestion a dû le foudroyer presque instantanément. Après quoi, vous avez dû perdre un peu de votre sang-froid ; vous vous êtes affolé ou vous n'avez plus osé repasser sur le pont du chemin à proximité de la maison de l'éclusier..... Toujours est-il qu'au lieu de prendre le chemin vous vous êtes jeté, inconsciemment ou non, à travers champs pour rejoindre la route. Toujours est-il que le crime a été commis vers 8 heures, qu'il vous fallait au plus une demi-heure pour rejoindre la route par le chemin en question et que vous n'avez rejoint votre attelage qu'un peu après 9 heures. Qu'avez-vous donc fait pendant cette demi-heure ? Dans votre affolement, vous vous êtes simplement égaré à travers champs, et, au lieu de gagner du temps, vous en avez perdu.

Maintenant je dois vous dire que les faits que je viens de vous énumérer sont autre chose que des hypothèses. Un témoin vous a vu dans la soirée du 12 octobre, vers 8 heures, quitter le chemin de halage à proximité de l'écluse d'amont et vous enfuir à travers champs. J'ai peut-être tort de dire « vous ». Mais c'est en tout cas quelqu'un qui a le malheur de vous ressembler beaucoup, si j'en juge par le signalement qu'en a donné le témoin : un homme grand et mince, l'allure jeune, et portant une pèlerine. Or, vous êtes grand et mince, vous êtes jeune, et, le soir du 12, vous portiez une pèlerine.....

Je n'ai pas voulu que vous puissiez dire que je vous inculpe sans preuves sérieuses, Collin. Voilà pourquoi j'ai cru devoir vous résumer brièvement les charges qui pèsent sur vous. Maintenant, avez-vous quelque chose à dire tout de suite ? Ou préférez-vous attendre que vous soyez assisté d'un avocat, ce qui est votre droit ?

Henri Collin ne répondit pas tout de suite. Qu'eût-il pu répondre, d'ailleurs ? L'évidence semblait l'écraser. Il n'avait plus l'attitude calme et comme affaissée de tout à l'heure. Ses mains tremblaient un peu, et dans son regard il y avait des lueurs d'effarement. Il balbutia :

— Je ne sais plus..... Je ne sais plus.....

Le magistrat retint avec peine une exclamation de triomphe. Enserré, traqué de toutes parts par un faisceau de charges accablantes, le coupable faiblissait. L'aveu, sans doute, était proche.

— Vous voyez, reprit-il, vous voyez qu'il est inutile de nier. Croyez-moi, il vaut mieux avouer tout de suite. La justice, n'en doutez pas, vous tiendra compte de votre franchise. Et puis vous étiez ivre, c'est là une circonstance atténuante.

Le jeune homme ne répondit pas. Il semblait ne pas avoir entendu. A présent, la tête dans ses mains, il devait se forcer au sang-froid, essayer de dompter son affolement, afin de pouvoir réfléchir.

Quand il releva la tête, ses traits étaient calmes. Il regarda bien en face le juge d'instruction, et il dit :

— Ecoutez, Monsieur. J'avais tort tout à l'heure de ne pas vouloir me défendre, je ne pensais pas à mes parents..... et à d'autres. Et je me rends compte à présent de la gravité des charges qui pèsent sur moi. Ces charges, je ne suis pas en état de les discuter aujourd'hui. D'ailleurs, que pourrais-je ajouter à ce que j'ai dit ? Je ne puis que répéter que tout ce que j'ai raconté est l'expression de la vérité et que je suis innocent.

— Alors, décidément, vous persistez à jouer votre rôle ? Vous ne voulez pas avouer ?

— Que puis-je avouer, Monsieur, sinon que je suis innocent ?

— C'est bien, dit le magistrat.

Il frappa sur un timbre, et, par une porte latérale, deux gendarmes apparurent.

— Oh ! mon Dieu !..... dit Henri Collin, qui se leva en pâlissant.

Sur un signe du juge, les deux gendarmes vinrent se placer derrière le jeune homme.

— Collin, dit le magistrat, en présence des charges qui pèsent sur vous, je vous inculpe de l'assassinat commis le 12 octobre dernier sur la personne de votre patron, M. Maru. Dès à présent, vous êtes en état d'arrestation.

— Mais ce n'est pas possible ! s'écria Henri Collin. Arrêté, moi ! Accusez-moi si vous voulez, mais ne m'arrêtez pas. Je ne me sauverai pas, allez ! Je vous jure que ce n'est pas moi, Monsieur le juge ! C'est quelqu'un qui me ressemble, bien sûr, mais ce n'est pas moi. Songez-vous que cette histoire-là va tuer ma pauvre mère, avec sa maladie de cœur ? Et puis il y a Lucie. Lucie, c'est la fille de M. Maru, Monsieur. Nous nous aimions, ses parents le savaient, les miens aussi, et plus tard on devait se marier tous les deux. Alors, vous voyez bien que votre accusation ne tient pas debout. On ne tue pas le père de celle qu'on aime, Monsieur le juge ! Si l'on m'arrête, qu'est-ce que Lucie va penser ? Elle me croira peut-être coupable, elle ne m'aimera plus, elle me haïra. Il ne faut pas m'arrêter, Monsieur le juge.

Impassible, le magistrat fit un signe. Et il dit aux gendarmes :

— Emmenez-le !

Mais le malheureux résista. Il se débattait, il criait :

— Ce n'est pas moi !..... Mon Dieu ! que vont-ils penser tous, mes parents, Lucie surtout ?.....

Pourtant, quand il se sentit entraîné, il ne résista plus, il se laissa faire ; il avait les larmes aux yeux. Et il répétait seulement :

— Ce n'est pas possible !..... Ce n'est pas possible !.....

VIII

UNE AFFAIRE QUI RÉVOLUTIONNE TOUTE UNE RÉGION

Certaines affaires judiciaires, qui, pourtant, n'ont en elles-mêmes rien de remarquable, ont le don de passionner le public.

L'affaire Collin — ou, comme on disait encore, le mystère du Petit-Bief — fut de celles-là.

On sait que, dès le surlendemain de la disparition du père Maru, et avant même qu'on eût retrouvé son corps, la rumeur publique accusait Henri Collin d'avoir assassiné son patron pour le voler. Lorsqu'on apprit que le jeune homme avait été arrêté, l'émotion, loin de se calmer, ne fit que grandir. Sans qu'on s'expliquât bien pourquoi, l'opinion publique était littéralement déchaînée contre l'inculpé. Le fait même que sa mère avait succombé en apprenant son arrestation, qui lui avait été annoncée sans précautions, n'amena aucune détente, et nul ne manifesta de pitié pour le jeune homme.

D'une façon générale, car les défenseurs de Collin étaient rares, on tenait l'inculpé pour absolument coupable. Et l'on n'admettait pas qu'il niât ce que l'on appelait l'évidence. S'il persistait à soutenir son innocence, disait-on, c'était pour qu'il restât malgré tout un doute dans l'esprit de ses juges, et c'est à la faveur de ce doute qu' « on » espérait le sauver.

Car, comme les parents de Collin, ainsi que lui-même, étaient des catholiques pratiquants ; comme la plupart de ceux qu'il fréquentait habituellement avaient les mêmes idées, de même que ceux qui osaient le défendre, non par parti pris, mais parce que, connaissant mieux le jeune homme, ils le jugeaient absolument incapable d'avoir commis le crime qu'on lui reprochait ; car, disions-nous, pour toutes ces raisons probablement, un jour vint où le bruit courut dans le public que « les curés voulaient sauver Collin ». Qu'entendait-on par ces mots « les curés » ? Et quel intérêt « les curés » pouvaient-ils avoir à sauver Collin ? On ne le disait pas. Sans plus d'explications, un journal se fit l'écho de ce bruit. Et, avec l'esprit de haute clairvoyance qui, à certaines époques, caractérise les manifestations de la foule moutonnière, une partie du public emboîta le pas, non sans enthousiasme. Evidemment, du moment qu'on mettait « les curés » en jeu, il n'y avait plus de mystère ; tout s'expliquait, tout devenait limpide, et l'évidence sautait aux yeux : Collin ne pouvait manquer d'être le coupable.....

Dès lors, les passions se déchaînèrent, et pendant les trois mois qui précédèrent la comparution de l'inculpé en Cour d'assises, ne firent que s'exacerber. Et de Leuzoy et des environs l'agitation gagna la région tout entière.

C'est au milieu de cette agitation que s'ouvrit la session au rôle de laquelle était inscrite l'affaire Collin. Et les débats commencèrent au milieu d'une salle houleuse.

On se montrait avec curiosité l'inculpé, tragique dans son attitude accablée, le visage défait, avec des yeux de fièvre, et vieilli par trois longs mois de détention préventive. Il baissait la tête, il ne regardait personne.

Tout à l'heure, en entrant, son avocat, devant tout le monde, lui avait serré la main en lui disant :

— Courage, mon ami ! Vous allez voir qu'il y a encore une justice.....

Henri Collin avait simplement répondu :

— Merci ! Mais je n'espère plus rien.....

Le public avait entendu, on se répétait ces phrases. Et une voix s'était élevée dans la salle, haute, éclatante :

— Pourquoi espérerais-tu, assassin ?

Puis des murmures, des cris : « A la porte ! » des applaudissements, des sifflets, tout un tumulte de clameurs contradictoires qui disaient l'énervement de la foule.

Mais brusquement le silence se fit : on annonçait la Cour.

Les débats commencèrent. On lut l'acte d'accusation que,

suivant l'usage, personne ne sembla écouter. On réservait son attention pour la suite. Et quand vint l'interrogatoire de l'accusé, un frémissement courut dans la foule, tous les visages s'avancèrent, dans une curiosité ardente qui faisait retenir les souffles.

Ce fut d'une voix basse et comme éteinte qu'Henri Collin commença à répondre aux questions du président. Mais peu à peu il s'anima, le sang remonta à ses joues pâles, son morne regard s'éclaira, sa taille se redressa, sa voix se fit assurée et forte. Comme tous les énergiques, jeté au milieu de l'action, le jeune homme sembla se retrouver lui-même, et il sut trouver des accents capables de troubler tous les gens sans parti pris pour nier avec indignation l'accusation dont on le chargeait et pour soutenir que les deux récits qu'il avait faits successivement au commissaire de police et au juge d'instruction constituaient l'expression de la vérité.

On remarqua ce changement d'attitude, on le commenta en sens divers.

— Quel cynisme ! s'écriaient les uns.

— Le mensonge n'a pas cet accent, affirmaient les autres.

L'interrogatoire terminé, vint, selon l'habituel cliché, le « défilé des témoins ». Ils étaient relativement peu nombreux. Mme Maru avait naturellement été convoquée. Lorsque, sa déposition terminée, le président lui demanda :

— En somme, quelle a été votre impression sur l'attitude qu'avait l'accusé ce soir-là ?

Elle répondit, nettement, presque durement :

— Mon impression est que c'était l'attitude d'un coupable.

La même question fut posée à Lucie Maru, qui, elle, répondit :

— Il est vrai qu'il n'était pas comme d'habitude, mais il avait bu, et j'ai pensé que c'était simplement de cela qu'il avait honte.

A part celle de Mme Maru, la déposition des témoins avait été jusque-là généralement favorable à la défense. Sans cesser d'être attentive, l'assistance devint nerveuse. On avait commencé par chuchoter, maintenant l'on parlait presque à haute voix pour échanger ses impressions. Et l'huissier s'évertuait en vain à réclamer le silence, lorsque l'ordre fut donné d'introduire un témoin qu'on attendait avec impatience, et dont on disait la déposition accablante pour l'accusé : c'était Joseph Hébert, l'éclusier de Riaville.

On vit entrer un homme de trente à trente-cinq ans, maigre, assez grand, d'allures lourdes, avec on ne savait quoi de craintif et de malheureux dans l'expression de sa physionomie commune, mais néanmoins assez sympathique. Il semblait très impressionné en entrant, et comme, un peu ahuri, il ne savait de quel côté se diriger, l'huissier dut le conduire jusqu'auprès de la barre. Le président lui ayant adressé quelques mots bienveillants, il sembla reprendre un peu de hardiesse, et ce fut assez clairement, mais d'une voix basse et sourde, qu'il fit la déposition que voici :

— Le 12 octobre dernier, un peu avant 8 heures du soir, je me trouvais devant ma maison, lorsqu'il me sembla entendre venir du chemin de halage d'aval un bruit de voix, comme qui dirait deux hommes qui causaient en marchant. Ces voix semblaient venir d'assez loin, car je ne distinguai pas un mot. Machinalement, j'attendis, comptant voir les hommes en question passer au bout de quelques instants, soit sur le pont, soit sur le chemin de halage du bief supérieur, en face de moi. Car l'idée qui m'était venue était que les voix que j'avais entendues étaient celles de deux voyageurs attardés qui revenaient de compagnie. Mais cinq minutes se passèrent et je ne voyais passer personne. Et puis je n'entendais plus rien, ni bruit de voix, ni bruit de pas. Intrigué, je me dirigeai vers le pont. J'avais à peine fait quelques pas que j'entendis, distinctement cette fois, un bruit d'herbe sèche ou de feuillage qu'on froisse. Au même moment, la lune, qui jusque-là était cachée, se montra. Et lorsque j'arrivai sur le pont je vis à sa clarté un homme qui marchait en se hâtant à travers champs ; il courait presque. D'après la direction de sa marche, il semblait venir du chemin de halage, dont il devait avoir descendu le talus, en écartant les roseaux et les arbustes qui poussent le long du fossé du bas, ce qui expliquait le bruit de plantes froissées que j'avais entendu. Mon impression est qu'il allait dans la direction de la route. Je le perdis bientôt de vue. Je fus assez intrigué, mais je n'attachai néanmoins aucune importance à cet incident. Ce ne fut que le lendemain, lorsque j'appris la disparition de M. Maru, qu'il me revint en mémoire. Voilà tout ce que je sais.

— Mais, dans votre précédente déposition, n'aviez-vous pas donné des détails sur l'homme que vous avez aperçu ? Il était mince, assez grand, l'allure très jeune, avez-vous dit.

— J'ai peut-être eu tort d'être aussi affirmatif, Monsieur le président. Songez que c'était la nuit. Je sais bien qu'à ce moment-là la lune donnait, mais il y avait de la brume, et lorsque je l'ai aperçu l'homme était au moins à quarante mètres de l'endroit où je me trouvais.

— Enfin, maintenez-vous, oui ou non, ce détail de votre précédente déposition ?

— Je le maintiens, mais sans être aussi affirmatif. Il m'a simplement semblé que l'homme était mince, assez grand, et avait l'allure jeune.

— Regardez l'accusé..... L'homme que vous avez vu avait-il à peu près sa taille ?

— Je ne puis rien dire, je n'ai vu l'homme que de dos.

— Accusé, veuillez vous lever et vous retourner.

Henri Collin obéit docilement. Et Hébert le vit ainsi de dos. Il y avait dans ses yeux comme une angoisse, probablement l'angoisse de la terrible responsabilité qui pesait sur lui. Il semblait à la fois troublé et malheureux. Le public attendait, muet et anxieux ; il y eut un instant de silence impressionnant. Puis Hébert eut un geste découragé. Il répéta :

— Je ne puis rien dire.....

Et il ajouta :

— D'ailleurs, l'homme avait une pèlerine.

— Mais Collin aussi avait une pèlerine ce soir-là. On le sait, et l'accusé lui-même l'a dit.

Le procureur se leva.

— Peut-être, dit-il, serait-il bon de le lui faire répéter, Monsieur le président, pour l'édification de MM. les jurés.

— Vous avez entendu, accusé ?

Le jeune homme se leva de nouveau, et, un peu pâle, mais d'une voix ferme, il répondit :

— Oui, Monsieur le président : le soir du 12 octobre, je portais une pèlerine.

Il y eut dans la salle des « oh ! » vite étouffés sous des « chut ! » énergiques. Cette fois, c'était l'accusation qui triomphait, et d'une manière qui semblait décisive.

Et ce soir-là, lorsque l'audience fut levée et la suite des

débats renvoyée au lendemain, le bruit courut en ville que la culpabilité d'Henri Collin était définitivement prouvée et qu'il serait sûrement condamné.

IX

EN PLEIN MYSTÈRE

Le lendemain, après le rapport du médecin légiste qui avait procédé à l'autopsie du corps de la victime, vint le tour des témoins à décharge.

Ils n'étaient malheureusement que trois, et leur déposition n'avait qu'une valeur toute morale. C'étaient le curé, le maire et l'instituteur de Leuzoy. Tous trois s'accordèrent à présenter Henri Collin comme un excellent sujet, estimable et intéressant à tous égards, et tout à fait incapable, selon eux, de commettre l'horrible crime qu'on lui reprochait.

Néanmoins, si platonique qu'il parût, et étant données les circonstances, le témoignage de ces braves gens était de leur part un véritable acte de courage. Ils étaient les seuls qui osassent proclamer publiquement leur estime et leur sympathie pour l'accusé, et leur déposition fut fréquemment accueillie par de violents murmures.

Enfin le dernier témoin fut introduit. On se disait dans la salle qu'il avait été cité au dernier moment, sur la demande de la défense. C'était un jeune homme de vingt-sept ans, Louis Robert, de Riaville. Il était de taille moyenne, blond, avec de larges moustaches rousses. Sa physionomie était énergique et loyale. Lorsqu'il fut près de la barre, le président demanda :

— Quelles questions dois-je poser au témoin, maître ?

Mᵉ Ferron, le jeune et déjà réputé avocat du chef-lieu, se leva.

— Je désirerais auparavant, dit-il, qu'il me soit permis d'expliquer en deux mots à MM. les jurés les raisons qui nous ont fait convoquer ce témoin.

— Mais il me semble, maître, que ces raisons vous pourrez les expliquer dans votre plaidoirie.

— Je me permets néanmoins d'insister, Monsieur le président, pour qu'il me soit permis de m'expliquer tout de suite sur ce point.

Après avoir regardé le procureur, qui fit un signe affirmatif :

— Soit, dit le président. Expliquez-vous donc, puisque le
ministère public y consent.

— Eh bien, commença l'avocat, lorsqu'on réfléchit *sans
passion* — et il appuya sur ces deux mots en regardant le
public, — lorsqu'on réfléchit sans passion à cette affaire où
le mystère règne en maître, il est impossible de n'être pas
frappé par un fait des plus singuliers.

M. Maru, en effet, disparaît dans la soirée du 12 octobre.
Jusqu'à ce qu'on ait retrouvé son corps, il est, remarquez-le
bien, simplement disparu, c'est-à-dire qu'on ignore absolument ce qu'il est devenu. Il n'y a raisonnablement pas plus
de raisons de croire à un crime qu'à une fugue ou à un accident. Or, dès le surlendemain 14, le bruit court, aussi bien à
Leuzoy que dans les environs, que le père Maru, comme on
l'appelait, a été dévalisé, puis jeté dans le canal, et que le criminel est Henri Collin. Et, remarquez-le encore, *on précise*.
De Roncourt à Riaville, le canal comporte deux biefs, et le
père Maru aurait pu être aussi bien jeté à l'eau dans l'un que
dans l'autre de ces deux biefs. *Mais on sait dans lequel des
deux a été noyé le père Maru*, et on le dit : c'est dans le petit
bief.

Avouez, Messieurs, que ceci est étrange. Il y a à peine deux
jours que la victime a disparu, rien ne permet encore d'affirmer qu'il y a eu crime, *et trois jours avant qu'on découvre
le corps on se répète l'endroit précis où ce corps doit être
retrouvé*. Vous allez me demander : « Qui, on ? » Mais tout le
monde, Messieurs ; tout le monde à Leuzoy, à Rompierre, à
Riaville, dans tous les environs enfin, et jusqu'à Roncourt
même.

Messieurs, nous avons vu dans cette circonstance autre
chose qu'une prescience, qu'un instinct de la foule. La foule
n'est pas Sherlock Holmès. Mais la foule est cancanière et
moutonnière. Nous avons donc pris le premier de ces braves
gens qui, en son temps, s'était fait l'écho bénévole de la
rumeur du jour. Nous lui avons demandé : « D'où teniez-vous
le bruit que vous avez colporté ? » Il nous a répondu : « D'un
tel. » Bref, de personne en personne, nous avons pu remonter
jusqu'à la source, ou plutôt jusqu'à celui à qui, pour la pre-

mière fois, fut confiée l'hypothèse d'une précision si extraordinaire qui nous avait frappé. Celui-là est M. Louis Robert, ici présent.

Monsieur le président, je vous prierai donc de bien vouloir demander au témoin comment, le premier, il fut amené à se faire l'écho de la rumeur que vous savez.

Et, d'une voix haute et fermé, sans le moindre trouble, Louis Robert parla ainsi :

— Voici ce que je sais. Le dimanche 13 octobre dernier, vers 6 heures du soir, je me rendais à Roncourt, où j'avais l'intention de passer la soirée. La nuit était profonde, et il pleuvait. Je venais de quitter le chemin qui, de Riaville, rejoint la route, et je me trouvais donc sur cette route, lorsque je rejoignis un homme dont je distinguais à peine la silhouette, tant la nuit était noire. Toutefois, je pus voir qu'il portait une pèlerine dont il avait mis le capuchon. Mais il me fut impossible de voir ses traits.

Je passais donc en silence près de cet homme, lorsqu'il me dit :

— Bonsoir, Monsieur.....

Je lui répondis :

— Bonsoir.

— Quel chien de temps ! continua-t-il tout en marchant. Vous allez à Roncourt ?

— Oui.

— Moi aussi. Si vous voulez, nous ferons route ensemble.

— Comme vous voudrez ! répondis-je assez froidement.

— On s'ennuie moins, poursuivit-il. Et puis, c'est plus sûr..... Si le père Maru n'avait pas été seul, il ne lui serait rien arrivé.

— Tiens, lui dis-je, vous connaissez cette histoire ?

— Tout le monde en parle.

— Vous êtes sans doute du pays ?

— Pas précisément. Mais je viens de passer la journée dans un village tout près. C'est comme ça que je suis au courant. Ça fait du bruit partout, vous savez, cette histoire-là.....

— Oui, on cause beaucoup, les langues tournent, et avec tout ça on ne sait rien de précis.

— Avec ça qu'on ne sait pas que c'est le commis du père Maru qui a fait le coup.

— Quel coup ?

— Quel coup ? Mais celui d'avoir dévalisé le père Maru et de l'avoir ensuite flanqué dans le canal.....

— Vous m'étonnez..... Comment, on dit ça ?

— On le dit sans le dire. Mais pour moi, vous savez, ça n'aurait rien d'étonnant.

— C'est que vous ne connaissez pas Henri Collin.

— Avec ça ! Parce que jusqu'à présent il n'a pas fait parler de lui ? Qu'il a une bonne réputation ? Qu'il est sage ? Ça ne prouve rien, ou, au contraire, ça peut prouver beaucoup. Il n'est pas naturel qu'à son âge un garçon soit aussi sage que ça. Il faut se méfier de l'eau qui dort. Il est très intelligent et on le sait ambitieux. Or, un ambitieux ne peut pas faire grand'chose sans argent. Et le père Maru avait plus de quinze cents francs sur lui. Avec ça, on peut déjà faire quelque chose.

— Mais, dis-je, ébranlé, en admettant qu'il ait eu les intentions que vous dites, comment aurait-il pu faire pour dévaliser le père Maru, puisque celui-ci est revenu par le canal et lui par la route ?

— Vous oubliez ce qui lui est arrivé sur la route. Croyez-vous que c'est naturel, cette histoire qu'il a racontée, et dont tout le monde cause ? On ne reste pas deux ou trois heures évanoui au fond d'un fossé parce qu'on s'est fait une bosse à la tête, voyons ! Et puis, qu'est-ce que c'est que cette fable de cheval attaché et de lanterne allumée tout seuls ?

— Tout de même ! fis-je.

— Ces histoires-là, voyez-vous, c'est pour expliquer l'emploi de son temps pendant qu'il allait attendre le père Maru sur le canal pour le dévaliser, en profitant de son ivresse, et le pousser ensuite *dans le petit bief*. Il savait bien ce qu'il faisait. Une fois dans l'eau, le père Maru, ayant bu, devait être saisi de congestion et couler sans dire ouf !

— Vous pourriez tout de même avoir raison, répondis-je, bien près d'être convaincu. Tout ça ne m'avait pas frappé. N'importe ! C'est difficile à admettre pour quelqu'un qui connaît Henri Collin.

— Il ne serait pas le premier qui aurait trompé son monde, allez !

— Je ne dis pas. Mais enfin, tant qu'on n'aura pas retrouvé le père Maru, mort ou vivant, on ne peut rien affirmer.

— On le retrouvera mort, *et dans le petit bief* ; souvenez-vous de ce que je vous dis.

Tout en causant, comme je l'ai dit, nous avions marché et nous approchions de Roncourt. Au moment où nous allions atteindre les premiers becs de gaz du faubourg, nous entendîmes sonner 7 heures aux églises.

— Déjà 7 heures ! s'écria mon compagnon. Sapristi ! je ne croyais pas qu'il était si tard..... Excusez-moi de vous quitter, mais il faut que je me dépêche : on m'attend en ville avant 7 heures.

Et, sans me laisser le temps de répondre, il prit le pas gymnastique et s'éloigna en courant. Sur le moment, je trouvai bien cette façon de me quitter un peu bizarre, mais néanmoins elle ne me frappa pas outre mesure.

J'arrivai donc en ville chez les amis qui m'attendaient. A Roncourt, la disparition du père Maru, connue depuis le matin, était le fait du jour et le sujet de toutes les conversations. Dans la soirée, je fus amené à en parler deux ou trois fois, notamment au café. Pour expliquer cette disparition, je fis mien le raisonnement de mon compagnon de route inconnu, raisonnement dont la vraisemblance m'avait frappé.

Le lendemain, il en fut de même à Riaville, et même à Leuzoy, où je m'étais rendu pour affaires ; à ceux qui me parlaient de l'affaire Maru, j'expliquais les raisons qui pouvaient faire croire que la disparition du fermier était le résultat d'un crime et que le coupable était Collin. Peut-être ai-je agi avec une légèreté blâmable, en me faisant l'écho bénévole d'une telle version, à laquelle, je dois le dire, personne n'avait semblé penser jusque-là. Mais, je le répète, la vraisemblance apparente de cette version m'avait séduit au point que, sans réfléchir autrement, je l'admis en bloc. Et puis j'obéissais aussi à ce sentiment puéril, mais bien humain, qui me poussait à me poser en homme perspicace et habile pour en tirer vanité....

Ce ne fut que plus tard, en y réfléchissant mieux, que la façon dont j'avais acquis cette opinion me parut étrange, pour ne pas dire suspecte. En effet, de l'inconnu qui, le premier, m'avait développé les raisons qui pouvaient faire penser que Collin était le coupable, je ne savais rien. Je n'avais même pas vu son visage, je n'avais entendu que sa voix, et encore elle était comme à dessein basse et étouffée. Il n'était « pas précisément du pays », m'avait-il dit, et pourtant il semblait en connaître les gens et les aitres aussi bien et même mieux que moi. Enfin, pourquoi m'avait-il quitté si brusquement aux approches de la ville ? N'était-ce pas pour éviter de se trouver avec moi exposé à la clarté des becs de gaz tout proches, clarté qui m'aurait permis peut-être de le reconnaître, et en tous cas de voir son visage et de saisir quelques détails de sa personnalité ?

Bref, j'en vins à concevoir sur le rôle que j'avais joué en cette affaire des doutes qui me rendirent véritablement malheureux. Aussi est-ce avec un véritable soulagement que j'ai accepté de donner publiquement mon témoignage. »

Cette longue déposition, dont nous avons donné, sinon les termes exacts, du moins le sens, fut écoutée au milieu d'un silence profond. On en sentait toute l'importance, et lorsque le témoin se tut des rumeurs montèrent dans la salle. Mais le silence se fit de nouveau lorsqu'on vit le procureur se lever.

— Monsieur le président, dit ce magistrat, voudriez-vous demander au témoin pour quelle raison il s'est décidé à apporter si tardivement à la justice un témoignage qu'en conscience il devait donner spontanément à M. le juge d'instruction ?

— Parce que, répondit Robert sans s'intimider, parce que, je l'ai dit, ce ne fut que peu à peu que je conçus des doutes sur la nature du rôle que j'avais joué. Lorsqu'en mon âme et conscience je dus m'avouer qu'il avait bien pu se faire que j'aie été l'instrument inconscient, soit d'un intérêt, soit d'une vengeance, il s'était écoulé plusieurs semaines. Je craignis que mon intervention, au bout de si longtemps, parût surprenante. Et j'avoue que, bien que ce soit un soulagement pour moi, ce ne fut pas sans hésitations que je me décidai à apporter au dernier moment le témoignage que vous venez d'entendre.

— C'est bien, dit le procureur. MM. les jurés apprécieront.

— Et vous, maître, demanda le président à l'avocat, n'avez-vous aucune autre question à poser au témoin ?

— Pardon, Monsieur le président. Mais auparavant je désirerais que vous voulussiez bien faire quitter la salle, pour un instant, au témoin Hébert.

Un huissier emmena l'éclusier — ce qui n'était pas fait pour diminuer l'ahurissement de ce dernier. Dans la salle il régnait un silence absolu. On pressentait quelque incident décisif.

Lorsque la porte de la salle des témoins se fut refermée sur l'éclusier, l'avocat poursuivit :

— Du témoignage de M. Robert, il résulte que celui-ci n'a pu voir ni le visage ni un détail quelconque de la personnalité de l'inconnu qui fut son compagnon de route. Toutefois, il a certainement pu se rendre compte de sa taille.

— Répondez, dit le président au témoin.

— Oui. Cet homme était certainement plus grand que moi.

— De beaucoup ?

— Je ne puis le dire. Je le répète, il pleuvait, et l'inconnu avait mis le capuchon de sa pèlerine.

— A votre avis, était-il aussi grand que Collin ?

— Autant que je puisse dire, il devait être à peu près de la même taille que Collin.

— Monsieur le président, dit encore l'avocat, le témoin affirme que cet inconnu portait une pèlerine. Voudriez-vous lui demander s'il a pu remarquer les dimensions de cette pèlerine ? Etait-elle courte ou longue ?

— Quant à cela, reprit Robert, je puis préciser. Lorsque nous arrivâmes près de la ville et que cet homme me quitta de la façon que vous savez, je pus constater, à la lointaine réverbération des becs de gaz, que sa pèlerine était assez longue : elle lui venait jusqu'aux genoux.

— C'est tout ce que nous voulions savoir, dit l'avocat. Maintenant, Monsieur le président, voudriez-vous faire rappeler le témoin Hébert ? J'aurais une question à lui poser.

Et lorsque l'éclusier fut devant la barre il lui fut demandé ceci :

— Vous avez déclaré que l'homme que vous avez vu au loin à travers champs, et qui, selon toute apparence, venait de quitter le chemin de halage, avait une pèlerine. Avez-vous pu remarquer si cette pèlerine était courte ou longue ?

Sans hésiter, Hébert répondit :

— La pèlerine que portait cet homme était plutôt longue : il m'a semblé *qu'elle devait lui venir jusqu'aux genoux.*

— Et cet homme avait à peu près la taille de Collin ?

— Oui, cet homme avait à peu près la taille de Collin.

— Cela suffit, dit l'avocat en se rasseyant. Pour l'instant,

Je me borne à prier MM. les jurés de vouloir bien prendre note de la concordance de ces deux signalements.

Dans la salle couraient des rumeurs hostiles et déjà menaçantes.

X

LA PLAIDOIRIE DE Me FERRON

Après la suspension de midi, l'audience fut reprise à 2 heures. Et lorsque l'huissier, au milieu du brouhaha et des rumeurs, jeta les mots : « La Cour ! » on eut l'impression que le rideau se levait sur le dernier acte du drame.

Car depuis deux jours c'était bien un drame qui se jouait là, un de ces drames pleins de mouvement et de péripéties inattendues qui tiennent le public en haleine, qui le passionnent et qui l'énervent, au point de lui faire oublier parfois la gravité des circonstances et du lieu, non moins que le respect qu'on doit à l'appareil de la justice.

Trois fois durant les débats le président s'était vu forcé de menacer de faire évacuer la salle. Et si, l'après-midi du deuxième jour, un calme relatif s'était fait à l'entrée de la Cour, on sentait que ce calme n'était que factice. Des centaines de personnes s'étaient entassées, on ne sait comment, dans la salle qui, quoique vaste, était néanmoins encore trop petite pour cette affluence inaccoutumée. Et la foule débordait même dans les couloirs et jusqu'au large escalier de pierre qui donnait accès dans la salle. Ceux qui étaient là ne voyaient rien, mais, de bouche en bouche, le récit de ce qui se passait se transmettait jusqu'à eux, et leurs commentaires n'étaient ni les moins passionnés ni les moins bruyants.

Jamais, de mémoire d'homme, une affaire criminelle n'avait suscité pareille émotion dans la froide et tranquille Lorraine. L'on ne s'expliquait pas cette agitation profonde, cette passion qui emportait la foule en des manifestations contradictoires et de sens divers, mais où les partisans de la culpabilité de Collin semblaient avoir la majorité.

Les incidents qui, au cours des débats, avaient paru faire pencher la balance en faveur de l'accusé avaient encore exalté les passions. Tout ça, c'était de la comédie, des « ficelles » d'avocat ; c'était arrangé d'avance, parce qu' « on » voulait sauver Collin. Dans l'état d'esprit où se trouvait cette foule

surexcitée, un homme se fût présenté et eût crié : « Le véritable
assassin, c'est moi ! » qu'on ne l'eût pas cru. Quoi qu'il pût
advenir, il n'y avait, il ne devait exister qu'un coupable, et ce
coupable c'était Henri Collin.....

Et tandis que la Cour et les jurés s'installaient, au-dessus
de cette foule suggestionnée on sentait passer un souffle tragique, dans une impatience sauvage de fauves qui attendent
leur proie.....

..... La parole fut donnée à Mᵉ Ferron, l'avocat de Collin.

Assez grand, mince, les traits irréguliers, mais expressifs,
et tout jeune encore, il se leva, et son regard, après avoir erré
un instant, avec un calme souverain et comme dédaigneux, sur
la foule qu'il sentait hostile, se fixa sur les jurés.

Il commença par résumer l'acte d'accusation. Puis, un à un,
il reprit les arguments dont l'accusation prétendait accabler
Henri Collin et les réfuta avec une habileté et une éloquence
singulières. Ensuite, et lorsque de l'édifice impressionnant
élevé par l'accusation il ne resta rien debout, il passa de la
défense à l'attaque.

— La vérité, s'écria-t-il, c'est que si le regretté M. Maru a
été assassiné, Collin, je viens de le prouver, ne peut être le
coupable. Et pourtant ce coupable existe : c'est l'homme que
l'éclusier Hébert a vu s'enfuir à travers champs, c'est l'homme
avec qui un soir, par une nuit profonde, a causé le témoin
Robert. Qui ne serait troublé, en effet, devant la concordance
impressionnante du signalement donné par ces deux témoins ?
Et l'on ne peut plus douter : l'homme qu'a vu le témoin Hébert
est le même que celui avec qui a causé le témoin Robert. Et le
vrai coupable, Messieurs, c'est cet homme !

Je le prouve. Il y a lieu d'abord de remarquer que l'intervention de cet homme, de cet inconnu, se manifeste à diverses
reprises, et toujours dans le même sens : *elle tend à aggraver
la situation de Collin*. Si l'on n'admet pas l'existence d'un
coupable autre que Collin, il reste dans cette affaire des circonstances si mystérieuses qu'elles en sont invraisemblables,
même pour ceux qui peuvent croire en notre culpabilité. Mais
si, au contraire, on l'admet, tout s'explique, tout devient clair,
et la vérité apparaît avec une telle netteté qu'il n'est plus possible de douter.

Henri Collin soutient avec raison qu'il n'a pu ni attacher

son cheval ni allumer sa lanterne. Les témoins, au contraire, affirment avoir vu le cheval attaché et la lanterne allumée. Ces opinions opposées paraissent inconciliables. Et pourtant tout le monde a raison. Henri Collin a pu n'avoir pas attaché le cheval et les témoins ont pu le voir attaché; Henri Collin a pu n'avoir pas allumé la lanterne et les témoins ont pu la voir allumée. Mais qui, alors, aurait attaché ce cheval et allumé cette lanterne? Eh! Messieurs, demandez-vous qui avait intérêt, en signalant ainsi à l'attention des passants l'attelage arrêté, lequel — un témoin vous l'a dit — *non éclairé aurait pu passer inaperçu*, demandez-vous qui avait intérêt à compromettre Collin, à le mettre en contradiction avec lui-même, à éveiller enfin les soupçons sur lui? Et qui serait-ce, si ce n'était le véritable coupable?

Messieurs, songez à ce détail : l'homme qu'a entrevu l'éclusier de Riaville se dirigeait à travers champs droit sur la route, suivant une ligne partant d'un point du petit bief situé à quelque distance du pont d'amont. Or, il en est certainement parmi vous qui connaissent les lieux. En partant de ce point du petit bief et en marchant droit devant lui, cet homme, en arrivant sur la route, devait fatalement se trouver non loin de l'endroit où l'attelage de Collin se trouvait immobilisé après la chute de celui-ci. La lune donnait, ne l'oubliez pas. Et la première chose peut-être que voit l'assassin en débouchant sur la route, c'est le chariot. Il s'approche, et comme il est du pays — cela, tout le prouve — il reconnaît l'attelage du père Maru, qu'il doit savoir conduit par Collin.

Cet homme, Messieurs, doit être intelligent, très intelligent même. Tout de suite, il devine ce qui s'est passé et songe à en tirer parti pour sa sécurité. Il s'assure que, ainsi qu'il l'a pressenti, Collin gît au fond du fossé, évanoui ou endormi, peu importe. Puis il agit : il attache Bayard, il allume la lanterne. Et il s'en va, désormais plus tranquille.

Car il prévoit ce qui va se passer. Lorsque Collin, revenu à lui, rentrera au village, on lui demandera pourquoi il est resté si longtemps en route. Et, naturellement, il devra faire le récit de son accident. Or, réfléchissez-y bien, *de quelque façon qu'il fasse ce récit, celui-ci paraîtra suspect*. En effet, s'il dit la vérité en affirmant qu'il n'a ni attaché Bayard ni allumé la lanterne, on lui dira : « Trouvez-nous la personne qui a fait ces choses. » Mais cette personne ne se trouvera pas, pour la bonne raison qu'elle a tout intérêt à se taire. Si, au contraire, pour un motif ou pour un autre, il prenait à Collin l'idée de mentir en disant que c'était lui qui avait attaché Bayard et allumé la lanterne, on lui demandait : « Pourquoi ? Et qu'avez-vous fait pendant le temps que votre attelage est resté immobilisé sur la route ? » De toutes façons, donc, le récit et la conduite de Collin éveillaient ainsi des soupçons. Et remarquez-le, Messieurs, cette circonstance ne pouvait avoir été prévue par l'assassin. C'est le hasard, lequel aide parfois le criminel, c'est le hasard seul qui a tout fait ; seulement, le coupable a su profiter de ce hasard avec une habileté et une décision extraordinaires.....

Mais éveiller les soupçons ne suffisait pas. Il ne fallait pas que l'accusation s'en tienne à ces vagues et timides rumeurs qui courent dans le public au lendemain de tous les crimes, exactes ou non, mais qu'on a la prudence de ne pas préciser. Il fallait, au contraire, donner à ce même public une opinion toute faite, où tout se tiendrait, où les faits, coordonnés entre eux avec habileté, donneraient l'impression d'un ensemble absolument logique et vraisemblable.....

Vous avez vu comment, profitant d'un hasard peut-être cherché et d'un ensemble de circonstances qui lui permettait de rester inconnu, le coupable a procédé pour aiguiller l'opinion dans le sens que vous savez, et cela avec une précision telle que la justice elle-même ne pouvait demeurer inactive et qu'elle devait être influencée malgré elle.....

Sans ces propos perfides jetés comme naturellement dans l'oreille du témoin Robert, immédiatement répétés par celui-ci et se répandant de proche en proche avec rapidité, nul peut-être n'aurait osé accuser franchement Henri Collin. Mais cette opinion toute faite ainsi lancée, puis propagée dans le public, a tout emporté. Il y a là, Messieurs, un phénomène de crédulité et de suggestion collectives qui se comprend et qui s'explique facilement, lorsqu'on a tant soit peu étudié la psychologie des foules.

Mais je ne veux pas m'attarder sur un sujet aussi abstrait. Je ne veux insister que sur un point dont, ce matin, je vous signalais l'étrangeté. Le lendemain même de la disparition de M. Maru, alors que la raison ne permettait à personne d'affirmer que celui-ci avait été assassiné, et qu'on avait autant de motifs de croire à une fugue ou à un accident qu'à un crime, l'inconnu dont nous a parlé le témoin Robert affirme qu'il y a eu crime. Il ne se contente pas d'affirmer, il explique, il précise. Remarquez-le bien : cet inconnu qui dit n'être pas du pays, qui n'est, selon lui, que de passage, connaît les habitudes de la victime. Il sait que lorsque M. Maru revient à pied de Roncourt il passe toujours par le canal. Et il le dit : ce n'est pas sur la route que la victime a été assassinée, elle a été jetée dans le canal. »

Avec une clarté et une logique impressionnantes, Mᵉ Ferron démontra ensuite combien était suspecte la précision de détails de l'hypothèse que l'inconnu avait confiée au témoin Robert. Puis il conclut :

— Et, de fait, Messieurs, c'est ce qui nous a mis sur la trace de la vérité. Et il n'y a pas de doute à avoir : vous avez constaté comme moi la similitude impressionnante des signalements donnés d'une part par le témoin Hébert et, d'autre part, par le témoin Robert. L'homme qui venait de quitter le chemin de halage, une fois le crime commis, et qui fuyait à travers champs et l'inconnu avec lequel a cheminé le témoin Robert le lendemain du crime ne sont qu'un seul et même personnage. Et ce personnage, Messieurs, c'est le coupable.

Messieurs, je crois qu'il est inutile d'en dire davantage. La vérité, comme à moi, vous est apparue. Grâce à un concours inouï de circonstances, Henri Collin a failli être victime d'une épouvantable erreur. Cette erreur, vous ne la consommerez pas ; elle a déjà coûté la vie à la mère de mon malheureux ami. C'est assez, c'est trop. Vous aurez à cœur de faire oublier à Henri Collin les trois mois de martyre de son injuste prévention, vous le rendrez à son père, à tous ceux qui l'aiment, à tous ceux qui l'estiment et qui n'ont cessé de l'aimer et de l'estimer. Vous lui rendrez enfin l'honneur en proclamant à la face de tous : « Non, Henri Collin n'est pas coupable! »

XI

LE RÉQUISITOIRE

Comme l'avocat se rasseyait, un coup de sifflet aigu strida dans la salle. Le public grondait ; on entendit : « C'est faux ! C'est de la comédie ! Menteur ! » et même quelques cris de :

« A bas l'avocat ! » Des yeux flambaient d'une haine sauvage,
et l'on vit se tendre vers M° Ferron des poings menaçants.

Un peu pâle, le président fit un signe. Précédé d'un officier,
un piquet de chasseurs à pied entra, et six manifestants, dési-
gnés par un huissier, furent empoignés et expulsés au milieu
d'un tumulte grandissant. Et, impressionnés, les jurés regardaient cette foule houleuse aux menaçantes colères.

Henri Collin, lui, regardait les jurés. Le visage défait, les
mains tremblantes, il se disait peut-être que tout à l'heure ces
douze hommes allaient décider de son sort. Son honneur et
sa vie étaient entre leurs mains. Le croyaient-ils coupable ?
Le croyaient-ils innocent ? Et, s'ils le croyaient innocent,
auraient-ils le courage de résister à la pression des passions
déchaînées qui grondaient autour d'eux, qui les enveloppaient
de muettes et farouches menaces, qui leur imposaient pour
ainsi dire le verdict à rendre ?

Et l'un après l'autre Henri Collin les regardait. Mais rien
ne se voyait sur leur visage. Quelques-uns baissaient la tête ;
d'autres, pensifs, avaient le front plissé et le regard vague de
ceux qui sont absorbés en des réflexions profondes. Il y en
avait deux pourtant qui promenaient sur ce public agité
un regard dans lequel se lisait comme un défi tranquille. Ces
deux-là devaient être inaccessibles à la crainte. Leur visage
était calme, leur contenance assurée. Et même, une seconde,
le regard de l'un d'eux se posa sur l'accusé, et celui-ci crut
y lire à la fois une pitié et un encouragement. Il baissa la
tête silencieusement, comme pour dire merci. Lorsqu'il releva
les yeux, l'autre ne le regardait plus.

..... Peu à peu, un calme relatif s'était fait dans l'auditoire.
Comme la nuit venait, on éclaira la salle. Puis, grave, le procureur de la République se leva. Et il parla.

— Messieurs les jurés, dit-il, la défense s'est vantée d'avoir
démoli pièce à pièce l'édifice élevé par l'accusation. Or,
qu'a-t-elle opposé à cette accusation ? Un roman, Messieurs,
un pur roman. L'acte d'accusation, vous le connaissez. Je vais
néanmoins, si vous le voulez bien, vous en résumer les détails,
brièvement, mais aussi clairement que possible.....

Le magistrat s'appliqua ensuite à « démolir » les arguments
de la défense en ce qui concernait les détails du retour de
Collin, puis poursuivit :

— En réalité, Messieurs, lorsqu'on connaît l'enchaînement des faits et l'ensemble des circonstances, la vérité apparaît éclatante. Qu'on ne tire pas un argument de défense du fait que les perquisitions et les recherches faites pour retrouver la somme volée n'ont pas abouti. Vous pensez bien que si Collin, comme c'est probable, a caché cet argent, il s'est arrangé de manière à ce que sa cachette demeure à peu près introuvable. Qu'on ne nous oppose pas davantage les bons antécédents de Collin. Ces qualités, ces vertus même dont on nous a parlé n'ont pu être qu'affectées. Mais je reviendrai plus longuement sur ce point tout à l'heure......

Ce dont je ne veux pas plus tarder à vous entretenir, Messieurs, c'est de cet inconnu que la défense a inopinément fait surgir comme dans un coup de théâtre. C'est cet inconnu qu'aurait vu s'enfuir à travers champs l'éclusier de Riaville, c'est cet inconnu qui, immédiatement après avoir commis son crime, se serait trouvé inopinément en présence de l'attelage abandonné et qui, tout de suite, aurait eu la présence d'esprit véritablement extraordinaire en un pareil moment d'attacher le cheval et d'allumer la lanterne, en prévoyant tout ce que ces actes si simples pouvaient avoir de conséquences heureuses pour lui. Ce serait enfin cet inconnu qui aurait amorcé dans l'opinion, de la façon que vous savez, la thèse motivée de la culpabilité de Collin.

Messieurs, on vous a parlé de Sherlock Holmès. Mais, franchement, je crois que c'est la défense qui a abusé du genre et qui, en voulant tout expliquer, n'explique rien. Comment ! cet inconnu qui aurait circulé d'un endroit à l'autre et fait tant de choses le soir du crime n'aurait été vu par personne ? Qui était-il ? D'où venait-il ? Où allait-il ? La défense ne le dit pas. Le soir du crime, il est passé de nombreuses personnes, tant par le canal que sur la route, mais nul n'a vu l'inconnu. Si ! ce serait lui qu'aurait vu l'éclusier, mais de loin, comprenez bien. L'enquête — une enquête très laborieuse et très consciencieuse, Messieurs — l'enquête a permis de connaître toutes les personnes qui, ce soir-là, ont quitté Roncourt pour regagner leur pays et celles, plus rares, qui ont fait le trajet inverse. Or, d'après leurs explications, aucune d'elles ne peut être soupçonnée. L'inconnu serait-il donc tombé du ciel au moment et à l'endroit propices ?

Pourtant, dit la défense, la preuve que cet inconnu existe, la preuve que son intervention ne s'est manifestée que pour aggraver la situation de Collin, c'est que, le lendemain même du crime, le témoin Robert l'a vu et a causé avec lui.

Messieurs, je ne mets pas en doute la bonne foi de M. Robert et je respecte les scrupules honorables qui lui ont fait apporter à la Cour un témoignage qui, je le constate en passant, aurait pu être moins tardif. Mais, en somme, je ne vois rien que de très naturel dans la rencontre qu'il a faite.....

Deux hommes se rencontrent sur la route et voyagent un certain temps de compagnie. Messieurs, permettez-moi de paraphraser le fabuliste en disant : « Or, quoi faire en marchant, à moins que l'on ne cause ? » On cause donc. Et comme on est au lendemain d'une disparition mystérieuse qui commence à révolutionner tout le pays, on cause tout naturellement de cette disparition. Sur cet événement le témoin Robert émet son opinion. Quoi d'étonnant à ce que son interlocuteur émette une opinion contraire ? L'esprit de contradiction est une des faiblesses humaines la plus commune. Il se trouve par hasard que l'interlocuteur de Robert a vu juste et que, à peu de choses près, il a deviné ce qui s'est passé réellement. Et puis après ? Si, au lendemain de la disparition de M. Maru, on avait interrogé tout le monde aux environs, si on avait eu le pouvoir d'obliger tout le monde à formuler sa pensée sincère, croyez-vous que le compagnon inconnu de Robert aurait été le premier, et surtout le seul, à soutenir la thèse de l'assassinat ?

Cette conversation de Robert avec un passant rencontré par hasard n'est donc qu'un incident absolument banal. Il faut vraiment avoir une imagination à la Conian Doyle pour en tirer le parti que vous savez, en l'amplifiant, en le dénaturant d'une manière réellement fantastique.....

Messieurs, la vérité est infiniment plus simple. Le seul fait susceptible peut-être de pouvoir faire un instant douter de la culpabilité de Collin résiderait dans la contradiction qui existe entre ses excellents antécédents et le crime affreux qu'il a été amené à commettre. Cette contradiction, il est impossible de la nier. Au premier moment, elle étonne, elle déconcerte même. Mais réfléchissez à ce détail : *le jour du crime, Collin avait bu.* Il l'a lui-même déclaré : « Je n'avais plus les idées bien nettes. » Il a bu, il le dit, et pourtant personne ne le remarque.

XII

QUAND IL A NEIGÉ SUR LE PÈRE.....

Ici, Messieurs, il est nécessaire que je m'excuse d'avance. Le rôle d'accusateur public comporte des obligations extrêmement pénibles ; mais au-dessus de toutes les considérations humaines il y a la vérité et l'intérêt de la justice..... Qu'on me pardonne donc les paroles que je vais dire : elles sont nécessaires. Et l'on comprendra qu'il a fallu toute la gravité des circonstances et la conscience que j'ai de mon devoir de magistrat pour vaincre la répugnance que j'éprouvais à mêler à ces débats le nom d'un père malheureux, mais que son malheur n'empêche pas de rester estimé et respecté par tous.

Messieurs, jusque-là l'accusé était resté sobre. Le 12 octobre dernier, c'était la première fois qu'il s'enivrait. Qui peut dire l'effet que produisit en lui cette première ivresse ?

Jadis, il y avait un jeune homme qui, comme l'accusé, était resté sobre. Un jour, pourtant, et à peu près à l'âge de Collin, il but, il s'enivra. Il était avec deux amis. Tout à coup, sous un prétexte des plus futiles, ce jeune homme cherche querelle à l'un de ses deux compagnons ; puis, pour ainsi dire sans transition, avant qu'on puisse intervenir, il saisit une bouteille pleine et la fracasse sur la tête de son ami, qui tombe, la tête fendue et baigné dans son sang.....

Et pourtant, jusque-là, le meurtrier était un jeune homme doux, honnête, tranquille, estimé de tous, aimé de beaucoup. Mais ce jour-là, pour la première fois, il avait bu. Et l'ivresse l'avait rendu fou furieux..... Heureusement, sa victime ne mourut pas, et les juges l'acquittèrent. Et ces juges eurent raison, car vraiment ce jeune homme n'avait pas su ce qu'il faisait.....

Or, cet homme, Messieurs, était le père de Collin : c'est son sang qui coule dans les veines de Collin.....

Et qui ne serait troublé devant cette coïncidence d'une fatalité tragique ? A vingt ans, le père s'enivre pour la première fois de sa vie, et il fait le geste de tuer un homme ; à vingt ans, le fils s'enivre pour la première fois de sa vie, et on l'accuse d'assassinat.....

Et la vérité est là, Messieurs. *L'ivresse de Collin explique tout.* De sang-froid, jamais il n'aurait pu, étant donnée sa nature, commettre le crime que vous savez. Mais il a bu..... Il a bu et tout change. Nous n'avons plus devant nous le garçon honnête, intelligent et doux qu'on connaît : ce garçon-là a disparu pour faire place à la brute dont tous les instincts sont lâchés et à qui l'ivresse fait voir rouge.

A-t-il bu volontairement pour se donner l'affreux courage qui lui eût manqué étant de sang-froid, ou son ivresse fut-elle un coup de surprise ? Peu importe ; il a bu, il est ivre, voilà le fait..... Et remarquez que son ivresse est d'autant plus redoutable qu'elle ne se fait pas remarquer. Il semble seulement plus nerveux, plus agité que de coutume, et gai d'une gaieté fébrile. Mais personne en le voyant ne songe à dire : « Il est ivre. » Son ivresse est lucide, pourrait-on dire. Elle annihile en lui la révolte, l'horreur du crime à commettre, mais elle laisse intacte la faculté de réfléchir et d'agir. C'est une sorte de somnambulisme à demi conscient dont la cause est l'idée fixe d'un crime. Et c'est sous l'empire de cette idée, alors en lui sans contrepoids, qu'il agit comme vous le savez.

Donc, Messieurs, vous pouvez en avoir la certitude : Collin est certainement coupable. Il ne peut exister qu'un doute, non sur la culpabilité elle-même, mais sur la nature, sur le degré, si vous voulez, de cette culpabilité. Collin s'est-il enivré volontairement et dans le but de se donner le courage qui lui manquait pour commettre le crime qu'il aurait prémédité ? Alors sa culpabilité serait absolue, et votre devoir serait de frapper impitoyablement..... Ou bien, au contraire, le crime a-t-il été un acte de demi-conscience provoqué par une ivresse involontaire ? En ce cas, cette culpabilité serait un peu atténuée, et sans cesser d'être rigoureux, il conviendrait peut-être de se montrer moins impitoyable.....

Voilà, Messieurs, ce que vous avez à décider. Pour moi, j'ai fini. Il ne m'appartient pas de vous dicter votre verdict. Mais je crois vous avoir prouvé, sinon éloquemment, du moins clairement, et surtout impartialement, qu'aucune hésitation n'est possible, et que votre devoir sera de répondre tout à l'heure à la question qui vous sera posée : « Oui, l'accusé est coupable !..... »

XIII

LE VERDICT

Voilà déjà plus d'une heure que le jury s'est retiré pour délibérer. Dans la salle, la foule attend, plus houleuse, plus enfiévrée que jamais.

Après la plaidoirie de M° Ferron, elle avait éprouvé la déception sauvage d'un fauve qui se voit arracher sa proie. Mais à présent il semble bien que le réquisitoire du ministère public a été une riposte redoutable pour la défense. La révélation de la faute de jeunesse du père de Collin a produit une impression profonde. Et, sans cesser d'être agité, le public paraît maintenant un peu moins nerveux. C'est avec une sorte de confiance féroce qu'il attend. Désormais, l'accusé ne peut plus lui échapper ; « on » ne le sauvera pas, ou l' « on » ne sauvera que sa tête. Mais il sera sûrement condamné. Les rares partisans de Collin paraissent eux-mêmes consternés et se taisent à présent.

Sept heures. Le jury ne revient toujours pas. On commence à s'impatienter. Après une courte absence, M° Ferron vient de rejoindre sa place. Un peu pâle, mais toujours calme et maître de lui, il semble ne pas voir les regards furieux fixés sur lui ; il semble ne pas entendre les lourdes railleries qui partent à son adresse de tous les points de la salle. Il se penche, il frappe sur l'épaule d'Henri Collin, il murmure à mi-voix :

— Courage !

Mais le jeune homme ne se retourne même pas. Pour lui, le réquisitoire a été un véritable coup de massue. Livide, anéanti, il a l'impression que cette fois tout est perdu pour lui et qu'il ne peut échapper à l'échafaud que pour tomber au bagne. Il se contente de hausser les épaules en disant :

— A quoi bon ? Tout est fini, à présent, je le sens bien.

— Attendez, vous dis-je, avant de vous désespérer, reprend l'avocat d'une voix contenue ; moi, j'ai confiance. Vous n'avez pas à compter avec les vociférations de tous ces braillards, mais avec les seuls jurés. Or, ceux-ci ne sont pas hommes à se laisser impressionner, soyez-en sûr.

Henri Collin secoue la tête sans répondre. C'est vrai, son sort ne dépend que des jurés, mais c'est en vain que durant les débats il a essayé de lire sur leurs faces impénétrables. Il n'y a rien lu qui pût le faire espérer, rien que le regard d'encouragement et de pitié qu'une seconde l'un d'eux a fait tomber sur lui. Celui-là croit en son innocence, il l'a senti, il en est sûr, mais les autres ?.....

Et comme son regard erre machinalement autour de lui il tressaille soudain d'avoir vu d'autres yeux qui le fixent : ceux d'une jeune fille, presque une enfant encore, assise auprès d'une femme déjà âgée dont le visage semble ravagé de douleur. Et, instinctivement, le jeune homme secoue son affaissement, il se redresse, il joint les mains dans un geste de supplication, il balbutie : « Lucie ! » Car c'est elle, c'est l'enfant qu'il aime qui le regardait, comme à la dérobée. Mais aussitôt qu'elle a rencontré son regard à lui elle a détourné la tête, elle a baissé les yeux. Et lui reste troublé d'avoir lu dans ces yeux bruns si expressifs non de la haine, non du mépris, mais comme une pitoyable et douloureuse incertitude. Pourtant, elle ne détourne plus la tête, à présent, elle ne lève plus les yeux. Et peu à peu Henri Collin retombe dans son attitude de morne accablement.

..... Le jury va rentrer..... Il rentre..... Le voilà.....

Soudain la foule s'immobilise et se tait, figée dans une attente anxieuse. C'est au milieu d'un silence impressionnant que le chef du jury se lève. Il est très pâle. Et Henri Collin regarde, comme hypnotisé, cet homme des lèvres duquel va tomber l'arrêt de son destin.

Le chef du jury ouvre la bouche, il parle. Mais le trouble du jeune homme est si grand qu'il entend mal. Vaguement, de-ci, de-là, il distingue quelques mots : « Ame et conscience..... Dieu et devant les hommes..... réponse du jury..... majorité..... première question. » Mais la phrase qui suit éclate à ses oreilles comme un coup de tonnerre qui le fait se dresser éperdu et palpitant : *Non, l'accusé n'est pas coupable !* A-t-il bien entendu ?

Dans le public, il y a dix secondes de stupeur. Puis la tempête éclate, furieuse. Les poings se lèvent, les bouches profèrent des injures, c'est une ruée en masse en avant. Des énergumènes commencent à escalader les stalles qui séparent le public des jurés et de la Cour. On entend des cris : « A mort,

l'assassin! » « Le jury est vendu! » Des femmes s'évanouissent.
Quelques jurés se sont levés, blêmes, et esquissent un mouvement de fuite. Le désordre est à son comble.

Et tandis qu'au milieu d'un tumulte sans nom la troupe et
les gendarmes interviennent et procèdent à des expulsions en
masse, l'accusé de tout à l'heure, l'innocent d'à présent, ne voit
rien, n'entend rien. Il est retombé sur son banc et il pleure, il
pleure à gros sanglots, il pleure sans fin, dans la réaction
nerveuse de la joie immense qu'il n'espérait plus. Et tout ce
qui se passe autour de lui lui échappe, il n'a plus qu'une
pensée : le cauchemar est fini, la vie va recommencer pour
lui, il est innocent, il est libre.....

Une main amie se pose doucement sur son épaule, une voix
lui dit :

— Vous avez entendu ? Vous êtes libre..... Venez, mon
ami.....

Il lève la tête, il reconnaît M° Ferron. Et il balbutie, dans
son infinie gratitude :

— C'est vous..,... C'est vous..... Oh ! merci !....,

XIV

LE MARTYR

L'avocat l'entraîne. Le jeune homme remarque vaguement
que les deux gendarmes qui étaient jusqu'à présent à ses côtés
n'y sont plus, que la Cour est partie, que la salle est aux trois
quarts vide. Ils suivent de larges couloirs, ils descendent des
escaliers sonores. Du dehors monte une rumeur profonde qui,
de loin, ressemble au mugissement d'un gouffre. Puis une
bouffée d'air froid et humide fouette le visage d'Henri Collin,
et il distingue devant lui la lueur blafarde d'un bec de gaz
lointain entouré comme d'une buée : il est dehors.

Il descend un trottoir ; le voilà dans la rue, au milieu d'une
foule qui grouille, qui s'immobilise là, animée, bruyante, avec
des remous inquiétants. L'avocat lui a pris le bras, et tous
deux passent à travers les groupes vociférants qui, en cet
endroit non éclairé, au milieu d'une vague obscurité que com-
plique encore un brouillard d'hiver, ne les reconnaissent point.
Au fur et à mesure qu'ils progressent, la foule s'éclaircit, et

lorsqu'ils arrivent place du Collège il n'y a plus autour d'eux que quelques groupes épars et dont l'attitude est plus calme.

Et voilà que soudain Henri Collin, qui se remet peu à peu, sent son cœur battre. Il vient de distinguer devant eux un groupe de trois personnes qui s'acheminent lentement vers la rue Carnot : une femme, une jeune fille, un enfant. Il quitte le bras de l'avocat, il court, il crie :

— Madame Maru ! Madame Maru !

Il ne s'est pas trompé : ce sont eux, c'est *elle*.....

Tous trois s'arrêtent et se retournent. Le jeune homme arrive près d'eux. Confiant, presque joyeux, il tend les mains, il dit :

— Vous voyez bien que ce n'était pas moi, Madame Maru..... Alors, je.....

Mais la fermière l'interrompt. Son visage douloureux et vieilli s'est soudainement durci. Ses yeux flambent. Elle dit, les dents serrées :

— Toi !..... Toi !..... Tu as le front de me parler, d'oser me tendre la main !.....

— Mais.....

La veuve s'avance de deux pas, et telle est l'expression tragiquement haineuse de sa physionomie qu'Henri Collin recule devant elle. A présent, elle crie :

— Tais-toi, maudit !..... Maudit ! maudit ! maudit ! Ta comédie t'a sauvé, mais Dieu ne te sauvera pas, et les hommes se souviendront..... Et ne reparais jamais devant mes yeux, assassin !

Lui reste effaré. Il semble ne pas comprendre. Comment ! tout n'est pas fini ? Tant qu'on ne l'avait pas jugé, on pouvait encore douter. Mais jugé, il vient de l'être, et ceux qui l'ont jugé l'ont acquitté. Il n'est donc pas coupable.....C'est ainsi qu'il raisonne, simpliste et naïf.

— Mais, s'écrie-t-il, vous n'avez donc pas entendu que je suis innocent ?

De son bras tendu, la veuve lui montre l'espace, et elle dit :

— Tais-toi, assassin ! Et va-t-en, qu'on ne te voie plus ! Va cacher ta honte et tes remords !.....

Atterré, Henri Collin joint les mains.

— Et toi, Lucie, supplie-t-il, toi qui m'as aimé, me crois-tu coupable ?

Mais la jeune fille ne répond pas. Elle détourne la tête, et, saisissant le bras de sa mère :

— Allons-nous-en ! dit-elle.

— Elle aussi ! Elle aussi ! balbutie Henri Collin.

Pourtant, avec cette obstination machinale de ceux que frappe un malheur qu'ils ne peuvent comprendre, il ne veut pas se rendre, il ne veut pas croire en l'abominable déception qui, en plein réveil de délivrance, le rejette dans l'enfer du doute et de la honte. Il court au petit Louis Maru, un enfant de dix ans, qui, *avant*, s'était attaché à lui comme à un grand frère. Se penchant, il lui prend la main et demande :

— Et toi, mon petit Louis, me repousseras-tu aussi ?

Mais brusquement l'enfant retire sa main en disant :

— Laisse-moi, toi.....

Et son jeune visage subitement devenu mauvais, il ajoute :

— Tu as tué papa..... Quand je serai grand, c'est moi qui te tuerai.....

— Oh ! mon Dieu ! gémit Henri Collin.

Déjà le groupe tragique s'est enfoncé dans la nuit. Et le jeune homme reste là, pétrifié, hagard, en regardant s'éloigner ceux qui l'aimaient autrefois, et qui maintenant le renient, le repoussent et le maudissent.....

— Allons, venez, mon ami, lui dit l'avocat, qui, silencieux, a assisté à cette scène cruelle.....

..... Mais, brusquement, des cris éclatent autour d'eux :

— Le voici !..... C'est lui !..... Arrivez !.....

On a reconnu Collin — et la foule accourt, ivre encore de sa déception de tout à l'heure, — cette victime qu'on lui a arrachée au moment où elle croyait la tenir..... Et c'est une ruée de brutes, on les bouscule, on les injurie. Ainsi que dans un cauchemar, le jeune homme, bientôt séparé de l'avocat, ne voit autour de lui que des visages convulsés par la colère et par la haine. Vingt mains le saisissent par les bras ou par les épaules, on le secoue, on le brutalise. Un énergumène lui crache à la face ; un autre se baisse, et, ramassant de la boue à pleines mains, il lui en barbouille le visage. Puis brusquement on le lâche, on s'écarte ; et il se fait un vide autour de lui. Est-ce un secours qui lui arrive ?.....

Non ! c'est un autre jeu qui commence. Comme, voyant un peu d'espace devant lui, le malheureux fait machinalement quelques pas, il se sent violemment frappé à la tête : c'est une pierre qui vient de l'atteindre. Une autre sonne sur son crâne, par derrière, une autre à la poitrine, puis d'autres encore à l'épaule, dans le dos, au visage, partout. Et les coups se multiplient. Un tas de pierres noires et aiguës est là tout près, où la foule s'approvisionne avec des rugissements de joie ; les projectiles volent et se croisent, deux cents brutes lapident férocement ce jeune homme qui ne peut se défendre.

Aveuglé par le sang qui coule de ses blessures, Henri Collin étend machinalement les mains devant lui. Il ne crie pas, il n'appelle pas, il balbutie seulement :

— Mais qu'est-ce qu'ils ont ?..... Mais qu'est-ce qu'ils ont ?

Au fond, il ne se rend pas bien compte de ce qui se passe, tant l'agression a été brusque et inattendue. Son impression est qu'il fait en ce moment un rêve horrible. Il pense vaguement : « Je vais m'éveiller. » D'autant plus que jusqu'ici il ne souffre pas, son sang coule de blessures qu'il n'a pas senties.

Pourtant la faiblesse le gagne. Depuis combien de temps dure donc ce cauchemar ? A présent, le voile sanglant qu'il a devant les yeux s'éclaire par instants de lueurs fulgurantes ; un bourdonnement intense emplit ses oreilles, ses genoux fléchissent, il lui semble qu'il va tomber.....

A ce moment, il éprouve soudain à l'œil gauche une douleur affreuse qui lui fait pousser un tel cri qu'inconsciemment ses agresseurs s'immobilisent. Puis l'un d'eux s'écrie :

— Voilà les gendarmes !

Et, lâche, la foule s'éparpille si soudainement que lorsque les gendarmes arrivent, prévenus et accompagnés par l'avocat, ils ne trouvent plus personne sur la place.

Seul, Henri Collin est resté là. Et à son aspect l'avocat et le maréchal des logis qui l'accompagne, pendant que ses gendarmes donnent la chasse aux fuyards, poussent une exclamation involontaire de pitié. Immobile, haletant, le jeune homme leur apparaît nu-tête, les vêtements arrachés, le visage couvert de boue et de sang.

— Mon pauvre ami ! Mon pauvre ami ! répète l'avocat, qui le prend dans ses bras, qui le soutient, car le malheureux chancelle à présent.

— Les lâches brutes ! grommelle le maréchal des logis.

— Vous souffrez ? interroge l'avocat.

— Oui, balbutie Henri Collin. Mais je ne vous vois pas.....
J'ai beau faire, je ne vois plus rien..... Et puis, à l'œil, c'est
comme un feu rouge qui me brûle. Il fait nuit, n'est-ce pas ?

— Oui, oui, répond M° Ferron, le cœur serré par un affreux
pressentiment. N'est-ce pas qu'il fait nuit, maréchal des logis ?

— C'est-à-dire, prononce celui-ci, qui comprend, c'est-à-dire
qu'on est comme dans un four..... Allons, venez, jeune
homme. Notre caserne est tout près, on va soigner ces
bobos-là. Appuyez-vous sur moi, n'ayez pas peur, on est
solide.....

Et la rude figure du digne sous-officier exprime une émotion intense.

— Je..... Je croyais avoir vu un bec de gaz..... tout à
l'heure..... en face de moi....., dit encore le jeune homme.

— Le vent l'a soufflé comme nous arrivions, répond
l'avocat, qui échange avec le maréchal des logis un regard
désespéré.

Soutenu de chaque côté par l'avocat et le sous-officier, Henri
Collin fait quelques pas. Mais bientôt les deux hommes le
sentent fléchir. Il s'arrête en gémissant :

— Je ne peux plus.....

D'un effort, levant vers le ciel son pauvre visage de martyr,
il essaye en vain d'ouvrir les paupières. Il balbutie encore :

— Toujours la nuit..... C'est drôle..... C'est drôle.....

Puis soudain un cri angoissant, un cri désespéré :

— Aveugle ! Je suis aveugle !

Et il s'évanouit.

DEUXIÈME PARTIE

L'invisible drame

I

JE VEUX RETOURNER A LEUZOY.....

Malgré tout ce qu'on avait pu lui dire, il avait voulu
retourner à Leuzoy.

C'est en vain qu'à l'hôpital de Roncourt, où on le soignait,

le docteur et Sœur Rosalie avaient appelé M⁰ Ferron à la res-
cousse. A l'avocat, Henri Collin avait répondu :

— Ma mère est morte, mon père est mort, je suis seul au
monde. Qu'est-ce que vous voulez que ça me fasse de rester
aveugle ?

— Mais puisque le docteur vous assure qu'avec des soins et
du temps on peut sauver votre œil droit !.....

— Il le dit, mais ce n'est pas sûr. Et puis si, comme on me
le demande, il me fallait rester des mois et des mois ici, j'y
mourrais..... Je veux retourner à Leuzoy.

— Comment ferez-vous pour y vivre ? Et puis, qui vous soi-
gnera ?

— La vente du petit bien de mes parents produira quelques
milliers de francs : il ne m'en faut pas tant pour vivre. Pour
le reste, je n'ai besoin de personne, je me soignerai bien tout
seul.

— Mais enfin, mon ami, puis-je vous demander le motif
qui vous fait réclamer votre départ avec tant d'obstination ?

Assis sur son lit, un épais bandeau sur les yeux, Henri Collin
serra les poings.

— Voilà, dit-il. Je n'étais pas méchant, vous le savez bien.
Eh bien, je crois que tout ce qui m'est arrivé m'y a rendu.
Je le disais encore au prêtre qui a eu la bonté de venir me
voir si souvent et qui m'exhortait à la résignation. Se résigner,
c'est bientôt dit. Mais enfin, qu'est-ce que j'avais fait, moi,
pour mériter tous les malheurs qui sont venus fondre sur
moi ? Rien du tout, j'étais innocent.....

Je commence par être arrêté, ce qui tue ma mère, puis par
passer plus de trois mois en prison. Ensuite ce sont les assises :
je vis là deux jours d'angoisses atroces et je suis acquitté. Je
crois tout fini. Mais non ! Des brutes tombent sur moi, m'as-
somment, me lapident et me rendent aveugle. Il me restait
encore mon père : il ne peut supporter tout ça et il meurt à
son tour.....

Vraiment, Monsieur, avez-vous vu quelqu'un d'aussi malheureux que moi ? Et l'on me dit de me résigner ! C'est facile à
dire, mais il faut pouvoir.

Entendons-nous : je veux bien réagir. Je puis bien vous le
dire, à vous qui êtes bon, qui avez cru à mon innocence dès

le début, qui avez fait l'impossible pour me sauver et qui y êtes parvenu, car ce n'est pas votre faute si je suis réduit à une situation aussi misérable, je puis donc vous le dire à vous : lorsqu'après des semaines d'un délire affreux je me suis réveillé aveugle, et puis que quelques jours après on a été forcé de m'apprendre la mort de mon père, ce n'est pas de la douleur que j'ai éprouvé, c'est de la colère, c'est de la haine, c'est de la rage.....

Je n'ai rien dit, je n'ai pas pleuré, et puis, d'ailleurs, *mes yeux ne peuvent plus pleurer*, mais j'ai senti que si je pouvais..... Tenez, je préfère ne pas achever..... Mais voyez-vous, Monsieur, les hommes sont des brutes imbéciles..... Civilisés ? Ah ! laissez-moi rire ! Pire que des loups, oui..... Qu'est-ce que j'avais fait au monde, moi ? Qu'est-ce que j'avais fait à cette foule hurlante qui m'est tombée dessus et qui m'aurait réduit en charpie sans votre intervention ? Qu'est-ce que j'avais fait à tous ceux qui voulaient ma mort et qui ne me connaissaient seulement pas ?..... Tenez, il y a des moments où je suis presque heureux d'être aveugle, pour ne plus voir une face humaine.....

Maintenant je comprends que j'exagère, que je vais parfois trop loin. C'est le premier moment, la première impression. Il faut faire la part des choses, Monsieur, et se mettre à ma place. Je réagirai, je tâcherai d'oublier ma haine contre l'humanité. Car tous les hommes ne sont pas méchants, il en est de bons, il en est de justes. Et puis il y a Dieu..... Ah ! si je ne croyais pas en Dieu !..... Il a raison le prêtre qui vient me voir lorsqu'il me parle de lui.....:

Je veux donc bien faire mon possible pour réagir dans ce sens. Mais qu'on ne me demande pas d'accepter avec résignation la situation qui m'est faite ; ça, non ! Acquitté par le jury, je n'en reste pas moins coupable aux yeux de la foule..... Peut-être mes malheurs ont-ils désarmé ceux qui, avant, s'acharnaient contre moi. Mais ce n'est pas de la pitié que je veux, c'est de la justice. Or, pour que justice me soit rendue, pour que le doute cesse d'exister, il faut que le véritable assassin soit découvert.

Voilà la tâche que je me suis donnée, Monsieur. Et comme je sens que l'assassin habite Leuzoy ou dans les environs, voilà pourquoi je veux retourner à Leuzoy.

— Mais vous n'avez certainement pas réfléchi à.....

— Si, j'ai bien réfléchi. Parce que je suis aveugle? Au contraire, personne ne se méfiera d'un aveugle. Et l'on n'a pas besoin de ses yeux pour entendre et pour sentir, quand on a la volonté..... Mon parti est bien pris, allez ! Et tout ce qu'on pourra me dire n'y changera rien.....

Il fallut s'incliner devant son obstination. De même pour le bandeau que, s'il tenait à sauver son œil droit, il eût dû conserver de longues semaines encore. Il ne voulut rien entendre.

— Les médecins se trompent, disait-il. Mes deux yeux sont perdus et bien perdus. Dès lors, à quoi bon m'infliger le supplice de porter constamment cet épais bandeau qui me donne la migraine ?

C'est en vain qu'on lui assura que si l'œil gauche était entièrement perdu, pour l'autre on pouvait encore conserver quelque espoir. C'était un cas très rare, quelque chose comme une paralysie de la paupière, qui restait constamment fermée. Lorsqu'on tentait de relever cette paupière, le malade y voyait, disait-il, comme dans une nuit profonde traversée de lueurs. Il ne distinguait rien autre chose, mais éprouvait aussitôt dans l'œil des douleurs insupportables.

Quoi qu'il en fût, on dut, puisqu'il l'exigeait, le laisser partir. Lorsqu'il quitta l'hôpital de Roncourt, il n'avait plus de bandeau. Seulement, dans son orbite vide, on avait mis un œil de verre, et il portait des lunettes fortement teintées.

II

L'AUTRE « GACHENOT » DE LA MÈRE RENAUT

Son retour au village fut accueilli avec indifférence.

Tout le monde, à Leuzoy, était convaincu de sa culpabilité. Et si tant de malheurs ne l'avaient pas accablé depuis son acquittement, on l'eût reçu à coups de pierres. Mais il avait perdu ses parents, mais il était aveugle, et on le jugeait suffisamment puni. On n'avait pas pour cela pitié de lui : on ne le haïssait plus, voilà tout. Ses malheurs avaient été son châtiment, et pour ses compatriotes c'était comme si, ayant été condamné à des années de travaux forcés, il revenait après avoir purgé sa peine. A leurs yeux, il n'en restait pas moins un criminel, mais c'était un criminel ayant payé sa dette à l'humaine justice. La haine était partie, mais le mépris restait. On était bien décidé à ne pas le fréquenter. La quarantaine qui, dès qu'il revint, l'isola du reste du village devait être éternelle......

Lorsque Henri Collin sortit de l'hôpital, M⁰ Ferron avait tenu à aller l'installer lui-même dans la maison paternelle, vide, hélas ! Grâce à lui, une vieille femme qui vivait seule à Leuzoy, la mère Renaut, comme on l'appelait, consentit à faire tous les jours la cuisine et le ménage de l'aveugle. Ce fut encore lui qui se chargea de faire vendre le petit bien des Collin et qui, en attendant, avança au jeune homme une somme suffisante pour lui permettre de vivre pendant quelques mois.

Et lorsque, ayant fait tout ce qu'il était possible de faire pour rendre supportable à son protégé la morne existence qui allait être la sienne, l'avocat s'en alla, Henri Collin sentit seulement peser sur lui le poids de son affreuse solitude. Il fut sur le point de se lever, de courir, de rappeler la voiture dont il entendait le roulement décroître au loin sur la route. Mais cette défaillance fut courte, il se raidit, songeant à la tâche qu'il s'était donnée.

Quelques instants encore, il écouta le bruit de plus en plus éloigné de la voiture. Quand il n'entendit plus rien, il se leva, et, les mains en avant, avec la marche tâtonnante des aveugles, il fit lentement le tour de l'humble et vieille maison où il avait vu le jour. C'était comme un pèlerinage, il voulait se retremper dans les souvenirs de son enfance et de sa jeunesse qui, du fond des ténèbres éternelles où il était plongé, lui apparaissaient à présent doux et lointains comme autant de rêves.

Et lorsqu'il revint dans la cuisine, au foyer de laquelle brûlait un feu qu'il ne voyait pas, il se sentit plus triste, mais plus apaisé, plus fort aussi. C'est qu'il avait entendu la vieille maison lui parler. Pour lui, un instant les âmes de sa mère et de son père étaient revenues l'habiter. Il avait évoqué la vie de ceux qui n'étaient plus, et il avait entendu leurs voix. Qu'importent l'injustice et le mépris humains ? Dieu est toujours là, et Dieu est juste : il ne permettrait pas que fût irrémédiablement consommée l'iniquité qui vouerait à jamais l'innocent à l'opprobre des hommes.

La mère Renaut était peut-être la seule dans Leuzoy qui éprouvât pour Henri autre chose qu'une indifférence méprisante. Elle était restée veuve de bonne heure avec un unique enfant. A la suite d'un accident, elle avait perdu cet enfant à l'âge de dix-huit ans : il avait été tué d'un coup de pied de cheval.

Et lorsque M° Ferron était venu la trouver en lui disant :

— Henri Collin revient demeurer ici, il l'a voulu. Seulement, il est aveugle, et il faudrait que quelqu'un lui fasse son ménage. Voulez-vous être ce quelqu'un ?

Elle avait répondu oui tout de suite. Elle ne s'était pas demandé si Henri était innocent ou coupable, elle avait simplement pensé qu'il était malheureux et qu'il avait besoin d'affection et de pitié.

— Alors il est aveugle, *le pauv'gachenot ?* Mais bien sûr que je veux bien..... Pensez donc, il a presque l'âge du garçon que j'ai perdu......

— Vous ferez vos conditions, ma bonne dame.

— C'est bon ; pour ça, on a le temps d'en causer. Je m'arrangerai toujours bien avec *not'Henri.* Et vous dites qu'il est là ? J'y vais tout de suite, alors ; il faut lui faire du feu, la maison est si froide......

Et elle était venue, elle avait vu l'aveugle assis au milieu de la grande cuisine, la tête dans ses mains, l'air si abandonné, si malheureux, si misérable.....

— C'est moi, *not'Henri.* Je viens.....

Il s'était levé, étonné et un peu ému, malgré la farouche indifférence qu'il affectait. Il dit :

— Et vous n'avez pas peur de vous mettre tout le village à dos ? Pour eux, je dois être pire qu'un pestiféré ; on vous en voudra peut-être, si vous venez faire mon ménage.....

— Tout ça, c'est des bêtises, avait simplement répondu la mère Renaut. Dans ton état, *mon fi,* on ne peut pas te laisser tout seul, *neume ?* Alors me voilà. Si les autres ne comprennent pas, tant pis pour eux. Moi, il va me sembler que je soigne mon *gachenot.....*

Plus touché qu'il n'avait voulu le paraître, Henri lui avait tendu les mains. Et, maternellement, la mère Renaut l'avait embrassé, comme elle aurait voulu embrasser son *gachenot*.

Le lendemain matin, l'aveugle se leva tard. Ce fut la mère Renaut qui l'éveilla, en vaquant aux soins de l'humble ménage. Couché dans l'alcôve de la cuisine, il entendit, sans le voir, hélas ! le feu pétiller dans le foyer.

— Tiens, vous êtes déjà là, mère Renaut ? dit-il.

Et la bonne femme lui répondit :

— Mais oui, *mon fi*.

Elle ajouta :

— Tu dormais quand je suis arrivée. J'ai fait doucement, pour ne pas t'éveiller. Eh ben, ça va-t-y, ce matin ?

— Je me sens mieux qu'hier. J'ai bien dormi. Mais il doit être déjà tard ?

— Il est plus de 9 heures. Ton café au lait est prêt, tu sais.

— Alors je me lève.

Et lorsqu'il fut habillé la mère Renaut le guida jusqu'au bout de la table où elle l'installa, le dos au feu. Et apitoyée, les mains sur les hanches, sans rien dire, elle le regardait manger, avec les gestes tâtonnants des aveugles, si pénibles à voir.

Lorsqu'il eut fini, il s'assit auprès du foyer, les pieds sur la « taque » de fonte, tendant machinalement les mains au feu. Et il resta ainsi quelques instants silencieux, tandis que la mère Renaut balayait la cuisine. A la fin, il prononça :

— Et les Maru, qu'est-ce qu'ils deviennent ?

La bonne femme s'arrêta de balayer et hocha la tête :

— Ah ! les Maru..... La mère est toujours enragée après toi, tu sais, et si on l'avait écoutée, hier, tout le village te serait tombé dessus lorsque tu es arrivé. Mon avis est qu'il ne faut pas lui en vouloir. Depuis toutes ces histoires-là, elle doit avoir, par moments, la tête dérangée.

— Pauvre femme ! murmura l'aveugle.

Et, après quelques instants de silence, il demanda encore :

— Et Lucie ?

— La Lucie ne dit rien, elle. Mais elle est bien changée, va ! Elle n'est pas gaie comme avant, elle cause à peine, on dirait toujours qu'elle rêve à je ne sais quoi. Il faut dire qu'à présent sa mère néglige tout et que c'est la Lucie qui est obligée de mener la barque. Pour une gamine de son âge, c'est bien du *tintoin*. Elle s'en tire tout de même, elle remplace le père.

elle remplace la mère, et de ce côté-là on dirait que rien n'est changé.

— Il y a un autre commis, probablement ?

— Il y en a même deux. Pense donc, plus de quarante hectares! Il y en a un de Courcelles, à ce qu'on dit ; il est revenu du régiment l'an dernier. Puis un gamin d'ici, le petit Mitour, tu sais ?

— Ah ! oui, fit Henri.

Et il ne dit plus rien. Pensif, il restait là silencieux, à rêver. Son front s'était assombri. Ce ne fut que quelques minutes après qu'il demanda :

— Quel temps fait-il ?

— Très beau. Il a un peu gelé ce matin, mais maintenant il fait très bon, le soleil commence à devenir chaud.

Alors il sembla se décider. Il se leva, il dit :

— Je vais sortir......

— Tu vas sortir ? s'exclama la mère Renaut, saisie.

— Oui.

— Tout seul ?

— Mais bien sûr. Il faut bien que je m'habitue.

— Attends-moi, au moins ; je n'en ai plus que pour cinq minutes.

— Vous êtes bien gentille, mais ce n'est pas la peine. Je connais les chemins, je me retrouverai bien, allez !

— Tout de même, dit la mère Renaut, j'aurais mieux aimé aller avec toi, les premières fois, surtout.

— Mais non, ce n'est pas la peine, je vous dis. Je reviendrai pour midi.

Elle céda. Elle lui donna sa canne — son bâton d'aveugle — et il sortit.

Inquiète malgré tout, la mère Renaut resta sur la porte, le regardant descendre la rue, lentement, tâtant le sol de sa canne, d'un geste hésitant et pénible. De voir ainsi infirme, humilié, misérable, le garçon qu'elle avait connu si robuste et si gai, la bonne vieille sentit les larmes lui monter aux yeux. Et lorsqu'elle eut vu l'aveugle disparaître au tournant de la rue, elle rentra en murmurant, son vieux cœur tout chaviré :

— Si c'est Dieu permis de l'avoir arrangé comme ça, le *pauv' gachenot !*

III

C'EST DIEU QUI T'A PUNI, ASSASSIN

Lorsqu'il fut arrivé en bas de la rue, l'aveugle tourna à droite. Ce n'était pas une promenade qu'il faisait. Il avait son but, il avait sa tâche.....

Il passa devant l'église, près de laquelle s'élève un vieux tilleul qui, l'été, étend son ombrage jusqu'au milieu du petit cimetière. Il entre dans ce cimetière. Il connaît la place où sont enterrés ses parents : la cinquième tombe à droite, en entrant. Et, arrivé près de l'humble sépulture, il se découvre, il s'agenouille, il prie. Il reste ainsi quelques minutes. Puis il se relève. Mais avant de partir il étend silencieusement la main au-dessus de la tombe, comme pour un serment muet. Et il s'en va, il quitte le cimetière.

Le voilà dans la grande rue. Son cœur bat. Pourquoi ? C'est que la ferme des Maru est là. Autant qu'il le peut, il se hâte. Il a l'appréhension d'être vu par la veuve ou les enfants du fermier. Il compte ses pas, il tâte de sa canne les pierres usées du caniveau. Il doit passer en ce moment devant la ferme. Il est passé. On n'entend rien. Pas un passant : le village semble mort. Tout le monde doit être aux champs ou dans les jardins, par cette belle matinée de mars.

Et au moment où, comme malgré lui, Henri pousse un soupir de soulagement, une voix éclate derrière lui, furieuse, glapissante :

— Assassin ! Assassin !

L'aveugle a reconnu cette voix : c'est celle de Mme Maru. Il devine la veuve derrière lui, il la voit en pensée, le poing tendu, le visage convulsé, les yeux flambants de haine, telle qu'elle lui est apparue le soir de l'acquittement, alors que, confiant, il allait à elle, les mains tendues. Mais il ne dit rien, il ne s'arrête pas, il poursuit sa marche tâtonnante. Il courbe seulement les épaules, comme sous le poids d'une malédiction. Derrière lui, la voix clame encore :

— C'est Dieu qui t'a puni, assassin !

Alors l'aveugle lève vers le ciel ses yeux qui ne voient plus. Et en lui-même il dit :

— Pardonnez-lui, mon Dieu, car elle ne sait ce qu'elle fait.....

Mais voilà qu'il tressaille. Une seconde, et comme malgré lui, il s'est arrêté. C'est qu'il vient d'entendre une autre voix qui, d'habitude, doit être douce, mais que durcit en ce moment un accent d'indignation contenue. Et cette voix a dit :

— Tu n'es pas raisonnable, maman..... Ne le crois-tu pas assez malheureux, sans qu'on l'insulte encore et qu'on s'acharne contre lui ?.....

La veuve ne répond pas. Un bruit de pas qui s'éloignent, et c'est tout. De nouveau, le silence enveloppe le village. En vain l'aveugle tend-il l'oreille, il n'entend plus rien. Il murmure :

— Lucie ! Ma Lucie !..... C'était Lucie !.....

Il sent son cœur se fondre. Cette voix lui rappelle les rêves si doux qu'il avait faits jadis et qu'impitoyablement le malheur a brisés. Du fond des ténèbres éternelles où sa vie est désormais murée, tout le passé, le passé heureux, le passé riant, vient de surgir. Il avait cru son cœur mort et son amour éteint, mais il a suffi du son de la voix de Lucie pour tout ressusciter. Il pense encore :

— Elle a pitié, elle !

Mais il se ressaisit ; il hausse les épaules, il relève son front d'infirme. Ce n'est pas de la pitié qu'il veut, c'est de la justice. Et de nouveau l'idée fixe de la tâche à accomplir le reconquiert. Il se remet à marcher, et, dans les ténèbres où il se meut, toute sa volonté est tendue vers le but à atteindre, vers la justice, vers la vengeance.....

IV

L'ÉCLUSIER

L'aveugle a traversé tout le village. Le voilà dans un chemin qui serpente à travers champs et qui, au bout de trois kilomètres, aboutit au canal. Imparfaitement entretenu et non classé, d'ailleurs, ce chemin est boueux par places ou semé de pierres et presque partout d'ornières. Mais l'aveugle n'hésite pas ; il est tant de fois passé là qu'il sait, même sans y voir, quels endroits il faut choisir pour ne pas s'enliser dans la boue jusqu'aux chevilles ou pour ne pas trébucher dans les cailloux. De fait, il ne met même pas une heure pour effectuer le trajet.

Le voilà presque arrivé. Il monte le petit raidillon qui mène au pont de l'écluse et, un peu essoufflé, s'arrête. C'est qu'ici il ne s'agit pas de se tromper d'un pas. S'il manque le pont, il peut rouler dans l'eau de toute la hauteur du talus d'aval, ou, en amont, choir dans l'écluse. Et comme il écoute au loin la trompe d'un batelier qui réclame l'ouverture de la porte d'aval, l'aveugle entend tout à coup près de lui une voix qui l'interpelle, à la fois émue et cordiale :

— Comment, Henri, tu viens tout seul ici, dans ton état ? Tu veux donc te noyer ?

La voix vient du terre-plein situé en avant de la maison. Et, cette voix, l'aveugle la reconnaît : c'est celle de l'éclusier Hébert. Il dit avec hésitation, presque timidement :

— C'est vous, Monsieur Hébert ?

— En personne, mon garçon. Tu venais me voir ?

— Non, non. Je voulais seulement aller de l'autre côté du pont.

La voix de l'éclusier se fait triste et comme embarrassée :

— Je vois ce que c'est : tu dois m'en vouloir, après ce qui s'est passé.

— Moi ?

— Bien sûr, à cause de ma déposition.

— Je vous assure que non. Pourquoi vous en voudrais-je ? Vous avez agi selon votre conscience, n'est-ce pas ? Et puis, d'ailleurs, vous ne m'avez pas chargé ?

— Vrai, tu ne m'en veux pas ?

— Puisque je vous le dis !

— Alors, pourquoi allais-tu passer sans entrer ?

— Ecoutez, Monsieur Hébert..... Au village, ils sont tous enragés contre moi. Je croyais que vous étiez comme les autres. Alors, n'est-ce pas, je ne voulais pas m'exposer à des rebuffades ou à des injures.....

L'éclusier saisit la main de l'aveugle.

— Ecoute, dit-il. Que les autres disent ou fassent ce qu'ils voudront. Moi, jamais je ne t'ai cru coupable. Tu peux venir me voir comme dans le temps, et même plus souvent si ça te dit. Tu seras toujours bien reçu, et ça nous fera plaisir.

Au même moment, une voix de femme cria :

— Tiens, c'est vous, Monsieur Henri ? Vous êtes donc venu nous dire bonjour ?

Sans laisser à l'aveugle le temps de répondre, Hébert prononça :

— Figure-toi qu'il passait sans rien dire ; il allait traverser le pont, et il a fallu que je l'interpelle pour qu'il s'arrête.

— Comment ! Vous nous en voulez autant que ça, Monsieur Henri ?

— Ce n'est pas ça : il se figurait que nous étions contre lui, comme tous ceux du village.

— Pour ça, vous pouvez être sûr que nous vous avons toujours soutenu, Monsieur Henri. Même qu'il y en a qui nous en veulent pour ça.....

— C'est ce que je lui disais. Ce n'est pas toi, n'est-ce pas, Hélène, qui trouveras mauvais qu'Henri vienne nous dire bonjour aussi souvent qu'il voudra ?

— Au contraire, plus souvent vous viendrez, Monsieur Henri, plus ça nous fera plaisir.

— Mais ce n'est pas tout ça, continua l'éclusier. Le bateau d'aval s'impatiente. Fais entrer Henri, Hélène, pendant que j'arrange l'écluse.

— Vous voulez bien entrer chez nous, n'est-ce pas, Monsieur Henri ? demanda la jeune femme.

— Oui, oui, balbutia l'aveugle, remué par cet accueil qu'il sentait si sincère dans sa cordialité.

Et il ajouta :

— Vous êtes bons.....

Il était tellement ému qu'il aurait pleuré si ses yeux avaient encore pu pleurer. Tout le monde ne le haïssait ou ne le méprisait donc pas ? Et il y avait encore de braves gens qui continuaient à croire en lui, qui l'estimaient comme jadis et qui, dans sa misère, n'hésitaient pas à lui tendre la main ?

Guidé par Hélène, il monta les trois marches qui donnaient accès à la petite maison si propre et si gaie qu'il connaissait bien. Et, entré dans la cuisine, il s'apprêtait à s'asseoir lorsqu'à côté de lui une voix frêle et zézayante prononça :

— *Zou, Ollin !*.....

— Mais c'est ma petite Rose ! s'écria-t-il, charmé. Je ne suis donc pas trop changé, qu'elle me reconnaît ?.....

Et, se baissant, il tendit ses bras d'aveugle, il saisit l'enfant, il l'embrassa. Confiante et rieuse, la petite Rose se laissait faire. Elle resta même près d'Henri, elle regardait sans rien dire le visage de l'aveugle, qu'elle trouvait drôle, avec les lunettes à verres noirs qui dissimulaient ses yeux.

Bientôt l'éclusier revint.

— Ce n'est pas ça, dit-il en entrant. Tu vas manger avec nous, Henri.

— C'est que..... commença l'aveugle surpris.

— Ah ! tu sais, à la fortune du pot. Nous avons la potée au lard et au jambon. En ton honneur, on ajoutera juste un bout de saucisse. Tu vois que nous ne nous mettons pas en frais.

— Je ne demande pas mieux, mais la mère Renaut m'attendrait ; je lui avais promis d'être revenu pour midi.

— Si ce n'est que ça, son neveu va repasser tout à l'heure, en revenant des champs. Hélène le guettera et lui fera la commission. N'est-ce pas, Hélène ?

— Mais bien sûr, répondit la jeune femme de sa voix tranquille.

— C'est donc entendu, Henri ?

— Puisque vous insistez tant.

Et l'aveugle, ému, répéta :

— Vous êtes bons.....

Il les revoyait tous deux tels qu'ils les connaissait *avant*. Lui assez grand, avec son visage allongé, aux traits heurtés, sa courte moustache blonde, et sur sa physionomie et dans son regard une expression de timidité qui lui donnait toujours l'air malheureux. Il était loin d'être un sot pourtant, et ceux qui le connaissaient le tenaient même pour un intelligent, mais une timidité dont il n'avait jamais pu se défendre entièrement lui donnait une allure gauche et embarrassée, surtout lorsqu'il se trouvait en présence de gens qu'il ne connaissait pas. Au fond, ce timide était, non seulement un intelligent, mais encore un courageux. Sachant à peine nager, il n'avait pas hésité un jour à se jeter dans l'écluse pour en retirer un enfant qui y était tombé en traversant imprudemment une des passerelles de service. Il avait sauvé l'enfant, mais lui-même n'avait dû son salut qu'à l'intervention d'un passant qui, du terre-plein, lui avait jeté sa ceinture.

Quant à sa femme, de six ans plus jeune que lui, elle était de taille moyenne, mais plutôt petite, assez jolie, avec des yeux de douceur et de bonté.

C'était un ménage très uni. Tous deux, ayant les mêmes

goûts modestes, se contentaient à présent de leur sort. Pourtant, il n'en avait pas toujours été ainsi; et, au début de leur mariage, Joseph Hébert avait rêvé de quitter cet emploi d'éclusier, peu rémunérateur, et où l'on est très tenu. Mais quoi faire ? Lui n'avait rien. Sa femme ne lui avait apporté comme dot que quelques terres que lui avaient abandonnées ses parents, qui vivaient encore. Fils de cultivateur, le rêve d'Hébert avait été de devenir cultivateur lui-même. Mais sans rien on ne peut rien faire. Avec son robuste bon sens, sa femme le lui avait dit tant et tant que l'éclusier avait fini par se résigner.

Après tout, on ne roulait pas sur l'or, mais on vivait. Sans négliger le service, on trouvait le moyen de cultiver le peu de terre qu'on avait et dont le produit venait s'ajouter à la maigre rémunération de l'éclusier On élevait des lapins, des poules et un ou deux porcs, et même une « gaye ». Grâce à quoi on arrivait, non seulement à joindre les deux bouts, mais encore à mettre de temps en temps une pièce de vingt francs à la caisse d'épargne. Donc il valait mieux rester ainsi. On ne manquait de rien, on n'avait pas trop de mal, pourquoi vouloir chercher mieux pour trouver pire, peut-être ?

Joseph Hébert s'était résigné. Il ne se plaignait plus, il ne parlait plus de son rêve, mais, sans le dire, Hélène voyait bien qu'il le regrettait toujours.

V

LA PIÈCE DE CINQ FRANCS

Une fois à table, l'aveugle se sentit comme au milieu d'une autre famille. On avait mis la petite Rose à côté de lui. Et, de l'autre côté, c'était Hélène, qui, tendre et apitoyée, le servait avec des sollicitudes de sœur.

— En somme, Henri, dit l'éclusier, quand on eut commencé à manger, en somme, tu ne nous as pas dit ce que tu venais faire par ici.....

L'aveugle ne répondit pas tout de suite, mais deux plis apparurent à son front. A la fin, il dit :

— Je voulais aller de l'autre côté du pont, vous savez, à l'endroit d'où vous avez vu l'homme se sauver.

— Oui....., oui....., dit Hébert d'une voix un peu étranglée. Il toussa et, d'un ton plus ferme :

— Vois-tu, j'ai beau faire, ça me révolutionne toujours quand je pense à cette histoire-là. Dire que j'ai failli te faire condamner !.....

— Mais, au contraire, c'est vous qui m'avez sauvé, Monsieur Hébert. Quand je dis sauvé, je comprends sauvé de la guillotine ou du bagne, car autrement ce qui m'est arrivé est pire que la mort, vous, devez bien le penser. Mais n'importe ! J'ai ma liberté, et grâce à vous, Monsieur Hébert. Si vous ne vous étiez pas souvenu que l'homme que vous avez vu avait la même pèlerine que celui qui a causé avec Robert, j'étais condamné, bien sûr.

— Oui, je sais bien. Mais ça ne fait rien, je n'aime pas penser à ça. C'est terrible, tu sais, de se dire qu'avec un mot on peut envoyer un homme à la mort. Ah ! j'en ai passé des nuits quand on m'a cité comme témoin, quand on m'a interrogé, et que tout ce que je disais se tournait contre toi..... Je n'en dormais plus.....

— Il en avait le cauchemar, Monsieur Henri, dit à son tour Hélène. Et lorsqu'il parvenait à dormir, c'était pour remuer tout le temps, en causant tout haut.

— Et même que je devais dire pas mal de bêtises, hein, Hélène ?.....

— On ne comprenait pas tout. Tu parlais de l'homme à la pèlerine, de portefeuille, de noyé. Ou bien, d'autres fois, faut croire que tu voyais le pauvre père Maru se noyer, car tu voulais lui tendre la main ; tu disais : « N'ayez pas peur, Monsieur Maru, je viens. »

— Des bêtises, quoi ! répéta l'éclusier de sa voix tranquille. Mais je peux t'assurer, Henri, que s'il y a eu quelqu'un de content en entendant que tu étais acquitté, c'était moi. Je n'ai pas pris le temps d'attendre, je suis parti tout de suite pour pouvoir annoncer plus tôt la nouvelle à Hélène..... Je n'ai su que le lendemain ce qui t'était arrivé à la sortie....., Tout de même, il y a des moments où les hommes sont pires que des bêtes féroces.....

— Les hommes sont ce qu'on les fait, répondit l'aveugle. Tout le monde m'en voulait. Pourquoi ? On n'en savait rien au juste. Ça n'a pas empêché qu'ils m'ont assommé et rendu aveugle..... Remarquez que ça aurait pu être le contraire et que, sans plus de motifs, ils m'auraient aussi bien porté en triomphe s'ils avaient été tournés autrement. On a déjà vu ça.....

Et, relevant son front d'infirme :

— Tout ça, c'est le passé, continua-t-il. Ce qui est fait est fait..... J'ai à peine vingt ans, je reste tout seul dans la vie, tout le monde me méprise et je suis aveugle. Rien ne pourra faire par la suite que ce qui m'est arrivé ne soit pas arrivé. Dès lors, à quoi bon se lamenter ? Il vaut mieux agir.

— Agir ? interrogea Hébert d'un ton surpris.

— Oui. Je puis bien vous le dire, à vous qui vous montrez si bons pour moi. Il ne faut pas croire que cette histoire-là est finie. J'ai ma revanche à prendre, vous comprenez, et je la prendrai. Puisque je suis innocent, il y a un coupable. Je le trouverai, moi, tout aveugle que je sois..... De ce que je vous dis là, ne parlez à personne, surtout.

— N'aie pas peur, dit l'éclusier. Mais tu m'étonnes, oui, tu m'étonnes. Chercher le vrai coupable ? Bien sûr, je comprends que tu veuilles le faire. Mais, dans ton état, c'est difficile. Te doutes-tu de quelque chose, seulement ? Soupçonnes-tu quelqu'un ?

— Non, répondit nettement l'aveugle. Je ne sais rien, je ne vois rien..... Dans les ténèbres, j'y suis doublement. Mais n'importe ! J'ai le temps, comprenez bien, j'ai surtout la volonté. On est fort, voyez-vous, quand on ne vit qu'avec une pensée.....

Hébert ne répondit pas. Hélène s'était levée pour enlever le couvert et préparer le café. Descendue de sa haute chaise, la petite Rose avait quitté la table et s'amusait dehors, sur le terre-plein de l'écluse.

— Vous ne m'approuvez pas, Monsieur Hébert ? interrogea l'aveugle.

— Quoi? dit l'éclusier, du ton d'un homme qui s'éveille en sursaut. Ah ! oui..... Si je t'approuve ? Qu'est-ce que tu veux que je te dise ? Je comprends que c'est dur de passer pour un coupable aux yeux de tout le monde alors qu'on est innocent. Mais, d'un autre côté, je ne crois pas qu'il te soit possible de découvrir le vrai coupable. Ah ! si tu avais de l'argent, que tu puisses payer un policier qui marcherait pour toi,

Je ne dis pas. Mais songes-y : tu es seul et, par surcroît, aveugle.....

— Et si je vous le demandais, ne m'aideriez-vous pas un peu ?

— Bien sûr que si ! Mais quelle aide pourrais-je t'apporter ? Je suis tenu ici, tu le sais bien, et je ne peux pas m'absenter souvent.....

— Justement, Monsieur Hébert. Ecoutez. Vous savez que je lisais beaucoup, avant..... ce qui m'est arrivé. Eh bien, je me souviens avoir lu qu'on remarque que la plupart des criminels éprouvent l'invincible tentation de revenir sur les lieux où ils ont commis leur crime. Alors, ce que je vous demande est très simple. Où le pauvre M. Maru a-t-il été jeté à l'eau ? Pas loin d'ici, vous le savez mieux que personne.....

— Moi ? s'écria l'éclusier.

— Bien sûr, puisque vous êtes le seul qui ayez vu l'homme s'enfuir, une fois le coup fait.....

— C'est vrai.

— Or, d'après la direction de sa marche, vous avez pu juger qu'il était parti d'un point du chemin de halage situé non loin de l'écluse, à trente ou quarante mètres, avez-vous dit.....

— Oui, à peu près. Mais, tu sais, je n'assure rien.

— Cela n'a pas d'importance. L'essentiel est qu'on sache que c'est non loin de l'écluse, et en aval. Alors, qu'est-ce qui vous empêche, sans en avoir l'air, de jeter de temps à autre un coup d'œil dans cette direction-là ?

— Tu penses que celui qui a fait le coup y reviendra ?

— Peut-être y est-il déjà revenu sans qu'on s'en doute.

— Mais s'il n'est pas de nos pays ? S'il habite loin d'ici ?

— Même s'il n'est pas du pays, il ne pourrait s'empêcher de revenir. Mais pour moi, voyez-vous, il est d'ici, je le sens, tout me le dit.

— Ah ! dit l'éclusier.

Et après un court silence :

— S'il ne faut que ça pour te faire plaisir, moi je veux bien. Mais, tu sais, je n'ai pas confiance.....

En ce moment, et comme Hélène apportait le café, on entendit du dehors un son de trompe lointain.

— Encore un bateau aval, dit Hébert. Hélène, tiens donc un peu compagnie à Henri, pendant que je vais préparer l'écluse.

Il se leva et sortit; la jeune femme et l'aveugle restèrent seuls.

— Alors, Monsieur Henri, demanda Hélène après avoir versé le café, alors vous voulez retrouver celui qui a vraiment fait le coup?

— Oui, Madame Hélène. Si j'ai voulu vivre, ce n'est que pour ça. Qu'est-ce que vous voudriez que je fasse au monde, si je n'avais pas ce but-là?

— Oui, oui. Mais dans votre état c'est bien difficile de trouver un homme que ni la police ni la justice n'ont pu découvrir.....

— Je le sais bien. Mais quand on ne pense qu'à ça, il faut si peu de chose pour vous mettre sur la voie..... Vous, ce soir-là, vous n'avez rien entendu, Madame Hébert?

— Quel soir?

— Le soir du crime.

— Le soir du crime? Mais je n'étais pas là.....

— Vous n'étiez pas là? s'écria l'aveugle, qui releva vivement la tête, comme s'il avait pu voir Hélène.

— Mais non..... Joseph ne vous l'a pas dit?

— Je..... je ne m'en souviens pas.....

— Après tout, il a bien pu ne pas en parler. Que je fusse là ou non, ça n'avait pas d'importance pour l'affaire.....

— Bien sûr..... Ah! vous n'étiez pas là? répéta l'aveugle.

— Non. J'étais partie dans la journée avec Rose chez une de mes tantes, dans un village près de Bar, où c'était la fête. Alors, vous comprenez, je n'ai rien vu de ce qui s'est passé ici.

— Et vous êtes restée longtemps là-bas?

— Mais non. Je n'y allais que pour faire plaisir à ma tante. Elle est veuve, sans enfant, et possède un peu de bien. J'ai toujours été sa préférée. Et pourquoi ne pas le dire? Nous espérons qu'à sa mort elle ne nous oubliera pas. Quand on a des enfants, il n'est pas défendu de penser un peu à l'avenir, n'est-ce pas? Aussi je n'ai été à la fête que pour ne pas mécontenter ma tante et pour lui montrer notre bonne volonté à lui plaire. Mais, partie le samedi, je suis revenue le dimanche soir, par le train qui arrive à Roncourt à 7 h. 3/4. Même que Joseph est venu nous chercher à la gare de Roncourt.

— Le dimanche soir ? C'était le lendemain......

— Le lendemain du crime, oui.

— Et ce dimanche-là M. Hébert a fait le trajet de l'écluse à la ville, le soir, pour aller au-devant de vous ?

— C'était convenu ainsi. Vous comprenez, Joseph n'aurait pas été tranquille de me sentir seule sur les routes avec Rose à 8 heures du soir. Même qu'il faisait un temps......

— Ah ! fit l'aveugle, pensif.

Et il ajouta :

— Oui, je comprends..... Je comprends..... Mais quand vous êtes revenue, ce soir-là, on connaissait déjà la disparition de M. Maru ?

— Mais oui. Joseph m'en a parlé tout de suite. Même qu'il en était tout bouleversé, le cher homme.

— Et qu'est-ce qu'il en disait ?

— Il disait comme tout le monde : que du moment que le père Maru n'avait pas été retrouvé en ville dans la journée, c'est qu'il avait dû lui être arrivé malheur.

— Et il ne parlait pas de l'homme à la pèlerine que, la veille, il avait vu s'enfuir à travers champs ?

— Pas ce soir-là, non. Mais le lendemain matin, le lundi, il m'a dit : « Tout de même, je réfléchis à une chose que j'ai vue samedi soir et qui peut être importante. » Alors il m'a raconté ce que vous savez. C'est moi qui lui ai conseillé d'aller voir la police à ce sujet.

— Et la première fois qu'il a appris qu'on me soupçonnait, qu'est-ce qu'il a dit ?

— Tout de suite il vous a défendu, et il vous a soutenu jusqu'au bout. Je l'ai entendu répéter vingt fois : « Quand on s'appelle Henri Collin, on ne devient ni un voleur ni un assassin. »

L'aveugle baissa la tête sans répondre. Il avait l'air troublé. Ses mains tremblaient un peu.

En ce moment, l'éclusier rentra :

— Fichu métier ! dit-il. On ne peut seulement pas manger tranquille......

— Ne te plains pas, dit Hélène. Il y a des jours où c'est pire. C'est seulement le cinquième bateau qui passe aujourd'hui.

— Oui, mais ils viennent tous du même côté, c'est le double d'ouvrage. Tu as déjà bu ton café, Henri ? Alors, une goutte de mirabelle ?

— Non, non, merci..... répondit l'aveugle avec une sorte de précipitation. Je ne prends plus rien, c'est fini..... D'ailleurs, je ne veux pas vous embarrasser plus longtemps ; il faut que je m'en aille.....

— Nous embarrasser ? Tu plaisantes ! Reste aussi longtemps que ça te plaira, tu es chez toi. N'est-ce pas, Hélène ?

— Mai bien sûr.....

— Vous êtes bien gentils, dit l'aveugle. Mais je vous assure qu'il faut que je m'en aille.

— Comme tu voudras, mais, je le répète : ne te gêne pas avec nous.....

L'aveugle se leva. Bien qu'Hélène lui eût donné sa coiffure et sa canne, il resta un instant immobile et silencieux, l'air hésitant. Puis il finit par dire :

— Avant de partir, Monsieur Hébert, je voudrais aller un instant de l'autre côté du pont..... Vous savez, pour ce que je vous disais tout à l'heure. Voudriez-vous venir avec moi ? Je sais bien que je ne verrais rien, mais vous m'expliqueriez et ça me suffirait.

L'éclusier, lui aussi, sembla hésiter quelques secondes avant de répondre :

— C'est qu'il n'est pas loin de 2 heures, et j'aurais voulu achever de bêcher le carreau de jardin que j'ai commencé, afin de pouvoir semer mes pois ce soir. Si ça ne te fait rien, ce sera pour une autre fois. Aujourd'hui, si tu veux, Hélène pourra t'accompagner.

— Non, dit vivement l'aveugle. Je ne veux vous déranger ni l'un ni l'autre. Comme vous dites, ce sera pour une autre fois. Allons, je m'en vais. Merci...... Je vous dis au revoir.....

Hélène le guida jusqu'à la porte. Comme il arrivait sur le terre-plein, la petite Rose se jeta dans ses jambes.

— *Zou, Ollin !* cria-t-elle, ainsi que le matin.

— Au revoir, ma petite Rose ! répondit l'aveugle, dont une émotion faisait trembler la voix.

Et, se penchant, il l'embrassa. Mais en se relevant il mit prestement dans sa petite main une pièce de cinq francs. Et tandis que l'enfant, médusée, regardait avec stupéfaction l'écu d'argent, l'aveugle s'en allait, se hâtant aussi vite qu'il pouvait marcher, comme s'il avait peur qu'on le rappelât.

Mais Rose était restée sur le terre-plein, et ses parents, sur le moment, ne s'aperçurent de rien. Tous deux étaient sur la porte, regardant s'éloigner l'aveugle. Lorsque celui-ci eut tourné à gauche et pris le chemin, derrière les arbres duquel il disparut, Hélène demanda à son mari :

— Tu n'avais donc pas dit que tu étais seul à la maison, le soir de l'affaire ?

— Qu'est-ce que tu dis ? s'écria Hébert.

Hélène répéta sa question.

— Mais..... je ne sais pas, répondit l'éclusier d'un ton plus calme. Pourquoi me demandes-tu cela ?

— Parce qu'Henri Collin ignorait ce détail.

— Ah ! Et tu lui as dit.....

— Que, ce soir-là, j'étais à la fête à Rosnes, chez ma tante.

Hébert ouvrit la bouche, mais il réfléchit sans doute, car il se tut.

Ce ne fut qu'une fois rentré, et de nouveau assis à table, qu'il dit de sa voix tranquille, en se versant une larme de mirabelle :

— Qu'est-ce que tu veux que ça lui fasse, à Henri, que tu aies été ou non à la fête à Rosnes ?

En ce moment, la petite Rose se hissait laborieusement le long des trois marches qui donnaient accès à la maison. Joyeuse, elle levait le bras, elle montrait la pièce d'argent en criant :

— *Sou-sou*, maman ; *sou-sou*.....

Hélène se retourna et vit briller la pièce dans la main de sa fille.

— Mais c'est cinq francs ! s'écria-t-elle. Qu'est-ce qui t'a donné ça ?

— C'est *Ollin* ! répliqua l'enfant, triomphante.

L'éclusier s'était levé, un peu pâle.

— Mais il est fou ! dit la jeune femme. Nous l'invitons de bon cœur, ce n'est pas pour qu'il nous paye son repas, surtout ce prix-là.

Et prenant la pièce à la petite Rose, qui se mit à pleurer :

— Il n'est pas loin, ajouta-t-elle. Je vais la lui rendre.....

Déjà elle s'en allait. Mais son mari l'arrêta :

— Reste ! commanda-t-il. Et redonne ça à l'enfant. Ce n'est pas la peine de te déranger. Collin ne.....

Il s'interrompit, il se reprit encore :

— Je..... Tu lui rendras quand il reviendra.....

VI

..... L'IMPLACABLE REMORDS VIVANT QUE JE SERAI POUR LUI

Aussi vite que le lui permettait sa marche d'aveugle, Henri Collin s'en allait par le chemin. Il n'avait pas son allure habituelle et semblait à la fois absorbé et nerveux..... Cependant, peu à peu, il reprit son calme ; sa marche devint moins saccadée, ses gestes moins fébriles. Et lorsqu'il arriva devant sa maison, il n'y avait plus chez lui aucune apparence d'agitation.

Sur le seuil, il fut surpris d'entendre causer dans la cuisine. Et quand il ouvrit la porte, il entendit la mère Renaut qui disait :

— Tenez ! le voilà justement, Monsieur le Curé.....

— Comment ! c'est vous, Monsieur le Curé ? interrogea l'aveugle de l'entrée.

— Mais oui, mon cher Henri. Et si tu me vois seulement, c'est que ce n'est que ce matin que j'ai appris ton retour.

Leuzoy n'était qu'une annexe. La paroisse principale était Rompierre, à quatre kilomètres de là, et l'abbé Claudel y avait son presbytère. De taille moyenne, déjà âgé, mais portant allègrement ses cinquante-six ans, le prêtre s'était levé et prenait les mains de l'aveugle avec une cordialité émue.

— Mon cher enfant ! dit-il, comme je t'ai plaint, pendant tes longs jours de douloureux martyre !

— Vous êtes bien bon, Monsieur le Curé. J'ai su que vous aviez été un des rares qui n'aient jamais douté de moi.....

— Jamais ! répondit le prêtre sans hésitation.

— J'ai su aussi que vous avez assisté jusqu'à la fin mes pauvres parents.

— Ils étaient abandonnés de tous. C'était mon devoir, Henri.....

L'aveugle s'était assis.

— Eux aussi croyaient en moi, n'est-ce pas ?

— Ils n'ont jamais douté non plus, eux. D'ailleurs, ta mère est morte sans trop comprendre. Mais ton père a tout su. Il n'avait pas voulu assister aux audiences. Mais aussitôt qu'il a appris que tu étais mourant à l'hôpital de Roncourt, il est parti..... Il t'a vu, mais tu ne l'as pas reconnu : tu étais en plein délire, et les médecins ne répondaient pas de toi. Alors il est revenu, s'est mis au lit et m'a fait appeler. Il se sentait frappé à mort et me l'a dit. De fait, cinq jours après, il expirait..... Pardonne-moi d'évoquer ces souvenirs douloureux, Henri, mais il le faut.....

— Oh ! je comprends, Monsieur le Curé, je comprends..... D'ailleurs, vous voyez bien que j'ai du courage.....

— Car, avant de mourir, ton père m'a dit ceci : « Si Henri ne succombe pas, s'il revient à la vie, vous lui direz que la dernière volonté de son père mourant est qu'il cherche et trouve le vrai coupable ; *qu'il songe à l'honneur du nom.* »

— Je l'avais deviné !..... Je l'avais deviné ! s'écria l'aveugle.

Et levant vers le ciel ses yeux sans regard :

— Oh ! père, de là-haut tu es donc avec moi ? C'est donc de toi et par toi que cette pensée m'est venue ?.....

Et d'un ton plus calme il ajouta, s'adressant au prêtre :

— Car aussitôt que j'ai pu réfléchir, j'ai eu cette pensée-là, Monsieur le Curé.

L'abbé Claudel hocha la tête.

— Je ne veux pas te décourager, Henri, dit-il. Mais je ne puis m'empêcher de penser qu'une pareille tâche est bien lourde pour un aveugle.

Henri sourit. Et ce sourire était étrange, sur cette face d'infirme :

— C'est que vous oubliez qu'il y a une immanente justice. Dieu est toujours là, Monsieur le Curé.

— C'est vrai, il y a Dieu ! répéta le prêtre.

— Il y a Dieu, Monsieur le Curé, et c'est lui qui, au milieu des ténèbres où je suis plongé, me donnera la clarté. Si je n'avais pas cru en Dieu, je ne serais pas vivant à l'heure qu'il est, Monsieur le Curé. Mais j'ai foi en sa justice. Le coupable, je le connaîtrai, je m'attacherai à lui, je ne le lâcherai pas. Moi, l'infirme que tout le monde repousse, l'enfant abandonné de tous, je réussirai là où la justice humaine, avec tous les moyens dont elle dispose, a échoué. Et le coupable avouera.

Monsieur le Curé, *il avouera publiquement, et de lui-même, pour se débarrasser de l'implacable remords vivant que je serai pour lui......*

— Mais pour parler ainsi, s'écria le prêtre, il faut que tu saches quelque chose !

Et baissant la voix :

— Le vrai coupable, le connaîtrais-tu ?

L'aveugle hésita un instant. Puis :

— Je ne peux rien dire encore, Monsieur le Curé. Non ! je ne puis rien dire, je vous assure.

L'abbé Claudel n'insista pas.

— Soit ! dit-il. Mais dans tous les cas, tu sais que tu peux compter sur moi, en cas de besoin ?

— Je le savais déjà, Monsieur le Curé. Vous êtes bon.

— Je venais précisément pour te faire une proposition. Tu sais que mon presbytère de Rompierre est vaste. Or, j'y suis seul avec ma sœur. Pourquoi ne viendrais-tu pas y demeurer ? Tu serais moins isolé qu'ici. Et puis, la population de Rompierre t'est beaucoup moins hostile que celle de Leuzoy.

— Je vous remercie de tout mon cœur, Monsieur le Curé, mais je ne puis accepter. D'abord, je ne voudrais pas vous mettre à dos la plupart de vos paroissiens. Ensuite, c'est à Leuzoy, et non ailleurs, qu'il faut que je sois.

L'aveugle parlait d'un ton ferme, en homme dont la volonté est bien arrêtée. Le prêtre comprit que, là encore, il n'y avait pas à insister.

— Allons, dit-il, je me console du moins en pensant que tu supportes tes épreuves avec beaucoup de courage. Tu parles et agis en homme, à présent.

— C'est que le malheur mûrit, Monsieur le Curé.

— Toutefois, laisse-moi encore te faire part d'une idée qui m'est venue, et dont, d'ailleurs, nous nous entretenions tout à l'heure, la mère Renaut et moi. Pourquoi, au lieu de ne venir ici que quelques heures par jour, notre vieille amie ne s'y installerait-elle pas à demeure ?

L'aveugle réfléchit un instant.

— Au fait, dit-il, c'est une idée qui ne m'est pas encore venue. Je n'y vois pour ma part aucun inconvénient. Mais vous, mère Renaut, qu'est-ce que vous en dites ? Je ne voudrais pas abuser, vous savez......

— Mais tu n'abuserais pas, mon gachenot, répondit la bonne femme. Au contraire, ça me dérangerait moins.

— Faites donc comme vous l'entendrez, mère Renaut, dit l'aveugle. N'empêche qu'il faut que je vous remercie : vous êtes pour moi comme une autre mère.

— Veux-tu bien te taire ! C'est pour avoir mes aises, ce que j'en fais là, voilà tout.

— Causez toujours, mère Renaut ! A l'entendre, Monsieur le Curé, ajouta presque gaiement l'aveugle, ne dirait-on pas que c'est moi qui lui rends service ?

— La mère Renaut est une brave et digne femme, répondit l'abbé Claudel, et ce qu'elle fait là lui sera compté. Enfin, me voilà toujours rassuré au point de vue de ton existence matérielle, Henri.....

Le prêtre se leva :

— Il faut que je m'en aille. Mais je reviendrai te voir aussi souvent que je pourrai.....

— Je vous recevrai toujours avec joie, Monsieur le Curé.....

— De ton côté, il faut me promettre de venir me voir de temps en temps avec notre vieille amie qui te servira de guide. Ce serait pour toi une promenade en même temps qu'une distraction.

— Ça, je vous le promets volontiers, Monsieur le Curé.

— Allons, au revoir, et surtout du courage.....

— Oh ! à présent, ce n'est pas le courage qui me manque, Monsieur le Curé.

Et tandis que la mère Renaut reconduisait le prêtre, l'aveugle, qui s'était levé, se rassit près du foyer.

Tout le reste de la journée, il le passa là sans rien dire, le front plissé de rides profondes, dans l'attitude d'un homme qui cherche la solution d'un problème difficile. Et parfois il y avait, sur son visage d'infirme, comme le reflet d'une sombre joie.....

VII

SUR LE CHEMIN DE HALAGE

Le lendemain après dîner — le dîner de la campagne qui est le déjeuner de la ville, — l'aveugle prit de nouveau le chemin de l'écluse.

Lorsqu'il arriva sur le terre-plein, on éclusait justement un bateau. Hébert était là.

— C'est toi, Henri ? dit-il.

— Oui, c'est encore moi, répondit l'aveugle.

— Encore est un mot de reproche. Une minute, veux-tu ? Je vais avoir fini.

Lorsque le bateau fut éclusé, Hébert revint vers l'aveugle.

— Tu entres ? demanda-t-il.

— Je ne vous dérange pas, au moins ?

— Tu plaisantes ! Hélène est là avec Rose.

— Vous savez, Monsieur Henri, dit la jeune femme dès que l'aveugle fut entré, il faut que je vous gronde.....

— Moi ?

— Bien sûr ! Hier, nous vous avions invité de bon cœur. Et vous vous êtes cru obligé de donner cinq francs à Rose. Nous n'avons pas été contents, vous savez.....

— Ah ! c'est pour ça ? Mais ce n'est pas parce que j'ai mangé chez vous que j'ai donné cinq francs à Rose. C'est parce qu'elle a été gentille avec moi.

— Ça ne fait rien. Vous allez reprendre vos cinq francs.

— Ça non ! dit l'aveugle. Moi aussi, c'est de bon cœur que j'ai donné la pièce à la petite. Alors, vous comprenez, ce serait me faire affront que de me forcer à la reprendre. D'ailleurs, je ne la reprendrais pas. N'en parlons donc plus, voulez-vous ?

— Bon ! dit l'éclusier à sa femme. N'insiste pas pour cette fois. Mais qu'il ne recommence plus, hein ?

— Entendu ! répondit l'aveugle.

— Tu vas prendre quelque chose ?

— Pas aujourd'hui. J'ai l'estomac comme détraqué, et il vaut mieux que je m'abstienne. C'est que je ne suis pas encore bien remis, vous savez, et il faut que je prenne garde.....

— Ah ! fit l'éclusier.

Et il sembla à Hélène, qui le regardait à ce moment-là, que son front s'assombrissait.

— J'étais venu, continua l'aveugle, pour voir si vous avez le temps, aujourd'hui, de me conduire de l'autre côté du pont..... Vous savez, pour ce que je vous disais hier ?

— Ah ! oui..... dit Hébert. C'est que..... J'aurais voulu achever mon jardin..... Tu es pressé ?..... Tu ne pourrais pas attendre à demain ?

— Mais si..... Mais si..... Oh ! j'ai le temps, moi, répondit l'aveugle. Maintenant, vous savez, si ça vous faisait quelque chose d'aller là avec moi ?.....

— Penses-tu ! Seulement, comme je te l'ai déjà dit, qu'est-ce que nous en aurons de plus ? Toi, tu ne verras rien, et moi, je ne pourrai pas t'expliquer grand'chose..... Je ne pourrai même rien t'expliquer du tout, puisque c'est du pont même que j'ai vu l'homme. Où a-t-il quitté le chemin du halage ? Je n'en sais rien au juste.

— Ça ne devait pas être bien loin du pont, dans tous les cas, pour que vous ayez pu le voir comme vous l'avez vu.....

— C'est ce qu'on ne peut pas dire. Il y a une chose certaine : c'est que..... le corps a été retrouvé à plus de trois cents mètres de l'écluse. Ce n'est donc pas près du pont que la chose s'est passée.

— Enfin, qu'est-ce que vous voulez que je vous dise, Monsieur Hébert ?..... Mettez-vous à ma place. Je n'ai qu'une idée en tête : savoir. Alors, n'est-ce pas ? Si je veux savoir, il faut bien que je m'en donne la peine.....

— Je comprends ça. Mais, encore un coup, qu'est-ce que tu pourras savoir en allant de l'autre côté du pont, puisque tu ne peux rien voir ?

— C'est pour cela que j'aurais voulu y aller avec vous, *qui avez vu*, répondit l'aveugle avec son obstination tranquille.

Il entendit l'éclusier souffler et faire claquer ses doigts, comme un homme qui s'impatiente, mais fait effort pour ne pas s'abandonner à son humeur. Hélène, indifférente, ne disait rien.

— J'irai avec toi pour te faire plaisir, prononça enfin Hébert. Mais pas aujourd'hui, si tu veux,.....

— Comme vous voudrez ! dit l'aveugle. Moi, je vous l'ai dit, j'ai le temps. J'attendrai autant qu'il le faudra.

L'éclusier se leva.

— Tu m'excuseras, hein ? Mais il faut que j'aille au jardin. Je n'ai plus que deux carreaux à faire, je voudrais que ce soit fini cette semaine.

— Ne vous gênez pas avec moi, Monsieur Hébert.

Hébert sortit. La petite Rose voulut aller avec lui. L'aveugle resta seul avec la jeune femme.

Tous deux causèrent pendant quelque temps de choses et

d'autres ; puis, comme il était plus de 3 heures, l'aveugle s'en alla sans qu'il eût revu l'éclusier. ·

Le lendemain, vers 1 heure, il revint. Cette fois, Hébert n'était pas là. Il venait de partir à Rompierre, pour voir un ami, dit Hélène. Il ne devait revenir qu'à la nuit.

L'aveugle ne manifesta ni surprise ni déception. Mais il ne voulut pas rester. Il repartit tout de suite.

Et la jeune femme fut surprise de le voir cette fois traverser le pont et descendre sur le chemin de halage d'aval qu'il se mit à suivre lentement, à petits pas, appuyant sur sa droite et la canne en avant, pour tâter les arbres. On eût dit qu'il comptait ceux-ci.....

Il dépassa ainsi le grand tournant du milieu du petit bief, et arriva à quatre ou cinq cents mètres de l'écluse. Là, il s'arrêta et s'assit sur le talus, du côté opposé au canal. Et immobile, il attendit.....

Il resta là longtemps. Sur le chemin, il ne passait personne, ni piétons ni attelages de bateaux. On n'entendait d'autres bruits que, dans le lointain, les cris des cultivateurs qui travaillaient dans les champs, et qui excitaient leurs chevaux : « Hue ! Diâ ! Ho ! » Du fond de la vallée, vers 4 heures, monta un grondement sourd ; on perçut même le sifflet d'une locomotive; c'était un train de charbon qui passait sur la ligne de Verdun, à deux kilomètres de là.

L'aveugle écoutait tous ces bruits familiers sans émotion apparente. Se disait-il que, désormais, il ne pourrait plus qu'entendre la voix de la vallée, et que jamais plus il ne la verrait, étendue riante de champs et de labours, avec, au milieu, les deux lignes brillantes de la Meuse et du canal se côtoyant par endroits ? On ne savait. Sa face d'infirme était comme rigide. Et le regard n'était plus là pour animer la physionomie — ou trahir la pensée.....

Comme 5 heures venaient de sonner à des clochers lointains, un pas retentit sur le chemin, en aval. L'aveugle tendit l'oreille. Puis, tout de suite, il fut debout. Et il resta là, droit et immobile contre un arbre, les deux mains appuyées sur sa canne.

Les pas s'approchaient. C'étaient des pas d'homme, lourds et lents. Brusquement, l'aveugle quitta l'arbre auquel il s'appuyait et s'avança au milieu du chemin. Alors les pas s'arrêtèrent et on entendit comme une exclamation étouffée.

— C'est moi, Monsieur Hébert ! prononça tranquillement l'aveugle.

L'homme qui venait sur le chemin était en effet l'éclusier.

L'aveugle savait que, pour revenir de Rompierre, il devait passer par le chemin de halage. Et c'était lui qu'il attendait.

Il ne pouvait voir la pâleur qui s'était répandue sur le visage d'Hébert à sa brusque apparition. Mais, le tremblement de sa voix, lorsque celui-ci prit la parole, ne lui échappa point.

— C'est toi, Henri ? prononça l'éclusier. Sais-tu que tu m'as presque fait peur ? Mais comment te trouves-tu là ?

— Mme Hélène m'avait dit que vous étiez à Rompierre. Alors, comme il fait bon, l'idée m'est venue d'aller au-devant de vous. Ça me fait une promenade.....

— Et tu reviens ?

— Oui, si vous voulez bien de ma compagnie. Et même, pour aller plus vite, je vous demanderai la permission de prendre votre bras, Monsieur Hébert..... Comme ça, je ne vous retarderai pas.

L'aveugle entendit Hébert souffler comme la veille, lorsqu'il insistait pour aller avec lui de l'autre côté du pont. Néanmoins, l'éclusier répondit, mais sans empressement :

— Si tu veux.....

L'aveugle prit son bras, et tous deux se remirent à marcher.

VIII

NON ! NON !

— Tout de même, dit l'aveugle, vous aviez raison hier soir, Monsieur Hébert.

— Comment ça ?

— Mais à propos de la mort de M. Maru, vous savez ?

Un bref tressaillement agita le bras sur lequel s'appuyait l'aveugle. Celui-ci poursuivit :

— Je croyais pouvoir remplacer la vue qui me manque par l'instinct. Je me figurais qu'en passant près de l'endroit où le crime a dû être commis, quelque chose allait me dire : « C'est là ! » Mais je n'ai rien senti..... Ah ! si j'y voyais !

— Je te l'avais dit ! prononça l'éclusier avec une sorte de vivacité. Veux-tu mon avis ? Eh bien, c'est une histoire qui ne sera jamais éclaircie. Comprends-moi bien, ce n'est pas pour te décourager que je te dis ça. Moi, tu sais, je reste à ta disposition pour quand tu voudras. Mais quoi faire ? J'ai déjà bien réfléchi à tout ça, mais je ne vois rien. Et toi, as-tu une idée ? Soupçonnes-tu quelqu'un ?

L'aveugle ne répondit pas.

— Tu vois bien..... Qu'est-ce que tu veux que nous fassions nous deux, pauvres diables, là où la police et la justice se sont fourvoyées ?

Il y eut un instant de silence. Puis l'aveugle dit :

— Le jour doit commencer à tomber, n'est-ce pas, Monsieur Hébert ?

— Oui, le soleil se couche.

— Je sens ça ; il commence à faire frais.

— Tu aurais dû prendre ta pèlerine.....

— Je ne pensais pas me trouver dehors si tard ; mais ça ne fait rien, allez, Monsieur Hébert.....

— Mais si, il te faut prendre des précautions.

L'éclusier s'arrêta.

— Mets la mienne, ajouta-t-il en lui tendant la pèlerine qu'il portait sur son bras. Moi, je n'en ai pas besoin : d'avoir marché, j'ai trop chaud.

— Allons, puisque je ne vous en prive pas, je me laisse faire, dit l'aveugle.

Et, une fois la pèlerine sur son dos :

— Elle est chaude, votre pèlerine, Monsieur Hébert ; et puis, elle est grande..... Moi, j'aime bien les grandes pèlerines. La mienne est trop courte. Il faudra que je dise à la mère Renaut qu'elle m'en achète une autre, quand elle ira en ville. J'en veux une qui me vienne au moins jusqu'aux genoux, comme celle-là.....

— Allons, viens, dit l'éclusier.

Ils se remirent à marcher et firent quelques pas en silence. Puis l'aveugle reprit :

— C'est plus fort que moi, voyez-vous, Monsieur Hébert. Je voudrais oublier cette histoire-là, mais la moindre chose me la rappelle. Je pense en ce moment à l'homme que le témoin Robert a rencontré sur la route le lendemain du crime. Et c'est votre pèlerine qui me la rappelle, parce qu'elle est grande, et que, comme celle que portait l'inconnu, elle doit vous aller jusqu'aux genoux, puisque vous êtes à peu près de la même taille que moi. Dire que cet homme était peut-être au courant de tout et qu'on ne l'a pas retrouvé ! Qu'est-ce que vous en avez pensé, vous, Monsieur Hébert, de la déposition de Robert ?

— Moi ? Je n'en ai rien pensé du tout. Si tu veux mon avis, la chose était difficile à prendre au sérieux. Un homme qui accoste un voyageur dans la nuit et qui, surgi d'on ne sait où, disparaît comme une ombre, c'est bien mystérieux, tout ça......

— Robert aurait donc menti ?

— Je ne dis pas ça, non ! Je ne veux pas dire ça. Il y a des choses qui sont difficiles à inventer. Mais, tout de même, c'est drôle qu'il n'y ait eu que lui qui ait vu l'homme......

— En effet, d'autres voyageurs ont dû passer sur la route vers cette heure-là. Vous y êtes passé aussi, n'est-ce pas, Monsieur Hébert ?

— Moi ! s'écria l'éclusier, qui s'arrêta.

— N'avez-vous pas été à la gare de Roncourt, ce soir-là, au-devant de Mme Hélène et de Rose, qui devaient revenir par le train de 7 h. 1/2 ?

Hébert s'était remis à marcher. Il dit :

— Ah ! oui. Mais j'ai passé bien plus tard. Il était 7 h. 1/2 quand je suis entré en ville. Même que je craignais d'être en retard pour le train.....

— Oui. Et comme, suivant Robert, l'homme l'a quitté à 7 heures juste, vous n'avez pu le voir. Et puis, d'abord, vous êtes peut-être passé par le chemin de halage, et non par la route ?

L'éclusier souffla. Mais presque aussitôt il répondit :

— Non, il faisait trop noir. Je suis passé par la route. Je n'y ai pas rencontré un chat. Il est vrai qu'il faisait un temps !.....

Comme s'il n'avait pas entendu cette réponse, l'aveugle demanda :

— Nous sommes encore loin de l'écluse ?

— Deux ou trois cents mètres.

— Alors, c'est par ici qu'on a retrouvé le corps de M. Maru ?

Cette fois, Hébert tressaillit violemment.

— Mais tu ne penses donc qu'à ça ? s'écria-t-il.

— Mettez-vous à ma place, Monsieur Hébert, répondit tranquillement l'aveugle. Maintenant, je n'ai plus guère à penser qu'à ça, comme vous dites. Vous qui n'avez pas le même intérêt que moi à ce que les choses s'éclaircissent, je comprends que je dois vous sembler « rasoir », comme ils disent à la ville. Mais enfin, à qui voulez-vous que je m'adresse, moi, pour savoir, puisque tout le monde me repousse et qu'il n'y a que vous qui m'accueillez ?.....

— Oui, oui, dit l'éclusier. Je comprends. Excuse-moi..... Mais si tu savais ce que cette histoire-là m'a tourmenté !.....

— Je m'en doute, allez, Monsieur Hébert. Alors, répondez-moi encore pour cette fois, voulez-vous ?

— C'est un peu plus bas qu'on a retrouvé le corps.

— Alors, c'est aux environs que dut être commis le crime ?

— Probablement, et non loin de l'endroit où le corps a été découvert, puisqu'il n'y a pas de courant.

L'aveugle ne répondit pas. Il demeura même un instant sans parler. Il semblait très absorbé. On aurait dit qu'il comptait ses pas.

— Pourtant, dit-il enfin, l'homme que vous avez vu s'enfuir semblait partir d'un point situé seulement à trente ou quarante mètres de l'écluse, avez-vous dit. Comment expliquez-vous ça ?

— Moi ? Je ne l'explique pas. Peut-être l'homme, sans trop savoir ce qu'il faisait, a-t-il suivi le chemin de halage jusque-là. Puis, la réflexion lui étant venue, il se sera jeté ensuite à travers champs..... Mais fais donc attention ! Tu appuies trop à droite, tu es tout près du talus.....

Les deux hommes étaient arrivés à une quarantaine de mètres de l'écluse.

— Mais non, mais non, dit l'aveugle, qui, persistant à tenir l'extrême-droite du chemin, maintenait du bras son compagnon. Laissez donc ! Il n'y a pas de danger, puisque vous êtes là..... C'est pour m'habituer, lorsque je serai tout seul, comprenez-vous.....

— Drôle d'idée ! grommela Hébert.

Et, tout en marchant, il essayait d'attirer vers le milieu du chemin l'aveugle, qui s'obstinait à tenir sa droite. Ils arrivèrent ainsi à la petite rampe qui donne accès au pont.

— Tu sais, dit l'éclusier d'une voix troublée, que le talus commence à devenir haut et qu'il est rapide.

— Quand je vous dis qu'il n'y a pas de danger ! répondit l'aveugle. Mais tout de même, ajouta-t-il en s'arrêtant, je suis un peu fatigué. Laissez-moi souffler un peu..... Tenez, asseyons-nous là une minute, voulez-vous ?

— Non ! non ! cria Hébert d'une voix rauque.

Il dégagea son bras, il revint d'un saut vers le milieu du chemin. L'aveugle, resté debout, face au canal, l'entendit souffler derrière lui. Mais ce qu'il ne pouvait voir, c'est que l'éclusier, machinalement, avait tiré son mouchoir et s'essuyait le front, comme s'il avait trop chaud.

A la fin, l'aveugle se retourna lentement. Dans le crépuscule qui tombait, on ne voyait aucune trace d'émotion sur son visage. Mais sa voix tremblait un peu lorsqu'il dit :

— Allons-nous-en, Monsieur Hébert. Je ne veux pas vous faire attendre plus longtemps.

Hébert ne répondit pas. L'aveugle reprit son bras. En silence ils achevèrent de monter la rampe, et, tournant à droite, traversèrent le pont. Quand ils furent de l'autre côté, l'aveugle s'arrêta, et, ôtant la pèlerine, la rendit à l'éclusier en disant :

— Vous êtes bien gentil de me l'avoir prêtée, Monsieur Hébert..... Maintenant, je n'en ai plus besoin. Je m'en vais vite, car la mère Renaut doit commencer à trouver le temps long. A demain !.....

— A demain ! répéta Hébert d'une voix sourde.

L'aveugle fit trois pas, puis s'arrêta. Et, se retournant, il revint et dit :

— A propos, il faut que vous dise : on s'est trompé.

— On s'est trompé ?

— Oui, vous savez bien, pour le corps de M. Maru. Ce n'est pas au milieu du bief que le crime a été commis, c'est à quatre ou cinq mètres du pont. Si le corps a été retrouvé au milieu du bief, c'est que peu à peu les chasses d'eau des éclusées l'ont poussé là.

Hébert ne répondit pas.

— Je vous disais tout à l'heure que je ne pouvais rien voir, continua l'aveugle. *Mais depuis j'ai senti et j'ai entendu.* A présent, je sais tout.....

L'éclusier se taisait toujours.

— Oui, je sais tout, répéta l'aveugle. Tout, comprenez-vous, Monsieur Hébert ?.....

Et il s'en alla. Debout, immobile, muet, l'éclusier le vit descendre vers le chemin. Quand la silhouette de l'aveugle se fut effacée dans la nuit tombante, Hébert respira avec force, puis, lentement, il se dirigea vers sa maison.

IX

..... TU LE FAIS EXPRÈS, HEIN ?

Dès lors, l'aveugle revint tous les jours chez l'éclusier.

Au début, c'était dans l'après-midi, vers 1 heure. Mais, au bout de quelques jours, il se trouva que dans l'après-midi Hébert avait toujours à s'absenter pour aller tantôt au village, tantôt à Rompierre ou même en ville.

Alors l'aveugle vint le matin. Et ce fut aussi dans la matinée que l'éclusier s'absenta.

— Je ne sais pas ce que Joseph a depuis quelque temps, disait Hélène à l'aveugle. Lui qui ne quittait jamais la maison, il est toujours dehors, à présent.

— C'est que voilà le beau temps revenu, répondait tranquillement l'aveugle. Pourquoi M. Hébert n'irait-il pas faire un tour de temps en temps, puisque vous êtes là et que le service n'en souffre pas ?.....

Et l'aveugle prit l'habitude de venir indifféremment, tantôt le matin, tantôt l'après-midi ; puis, un peu plus tard, le matin d'abord, l'après-midi ensuite. Et Hébert ne s'absenta plus.

Mais jamais plus l'aveugle ne voulut se laisser retenir lorsque venait l'heure du repas.

— La mère Renant ne serait pas contente, affirmait-il pour faire excuser son refus. Et, vous comprenez, je lui dois bien quelques égards : elle est si bonne pour moi !

Quant à lui faire accepter la moindre chose entre les repas, il n'y fallait pas songer : l'aveugle se plaignait toujours de son estomac.

Les Hébert en avaient pris leur parti. A vrai dire, si Hélène restait toujours aussi prévenante et aussi affectueuse pour le jeune homme, il n'en était pas de même de son mari. Sa belle cordialité des premiers jours semblait s'être muée peu à peu en indifférence, puis en lassitude. Jamais la femme de l'éclusier n'entendit celui-ci se plaindre de la fréquence des visites de l'aveugle. Mais à voir la physionomie d'Hébert s'assombrir lorsque le jeune homme débouchait sur le terre-plein, on pouvait deviner qu'il subissait ces visites sans le moindre plaisir.

Une chose à remarquer, c'est que l'aveugle ne semblait se plaire qu'en compagnie d'Hébert. Il ne le quittait pas, que celui-ci fût chez lui, près de l'écluse ou dans son jardin. L'aveugle suivait l'éclusier comme son ombre. Dans la journée, sauf entre 11 heures et 2 heures, on les voyait presque toujours ensemble.

D'ailleurs, ils se causaient peu. L'éclusier, qui n'avait jamais été bavard, devenait de plus en plus taciturne, et l'aveugle semblait toujours préoccupé par on ne savait quelle pensée obscure..... Depuis le soir où ils étaient revenus ensemble par le chemin de halage, jamais l'aveugle n'avait reparlé à Hébert de la mort de M. Maru. Peut-être, se rendant compte de son impuissance avait-il pris le parti d'essayer d'oublier le passé.....

Lorsqu'on y réfléchissait, la fréquence et la régularité des visites de l'aveugle chez l'éclusier n'avaient rien qui pût surprendre. En effet, partout ailleurs dans le village on le méprisait, on le repoussait. Seule, la maison des Hébert lui était accueillante. Quoi de plus naturel qu'il y passât la plus grande partie de son temps ? C'est ce que disait parfois Hélène à son mari — et même aux autres à l'occasion.....

..... Des semaines passèrent ainsi. Puis, vers la fin d'avril, une journée entière s'écoula sans qu'on vît l'aveugle chez Hébert. Le lendemain, il ne vint pas davantage, ni le surlendemain.

Hélène s'étonna. Elle dit à son mari :

— Serait-il malade ?

— Je n'ai rien entendu dire par les gens du village, répondit celui-ci.

— S'il ne vient pas demain, j'irai voir ce qu'il fait.

— Pourquoi faire ? S'il ne vient pas, c'est que ça ne lui plaît pas. Il ne faut pas avoir l'air de courir après lui.

La matinée du quatrième jour se passa également sans qu'on vît l'aveugle. Et ce matin-là, Hélène entendit son mari siffler, ce qui lui arrivait rarement, surtout ces derniers temps, pendant lesquels son humeur semblait s'être assombrie, Et remarquant même qu'il plaisantait avec les mariniers d'un bateau qu'on éclusait, elle ne put s'empêcher de faire cette réflexion :

— Il y a longtemps que je ne t'ai vu gai comme ça, Joseph.....

— Qu'est-ce que tu veux, ma femme, répondit-il ; il y a des jours où on est gai sans savoir pourquoi.....

L'après-midi, comme Hébert était au jardin, où il bêchait sa dernière plate-bande, l'aveugle revint. Comme Hélène lui demandait ce qu'il avait fait depuis quatre jours, il expliqua :

— J'ai d'abord été à Rompierre, où M. le curé a voulu me retenir deux jours. Puis hier et ce matin, j'étais un peu fatigué. Alors je me suis reposé..... M. Hébert est là ?

— Il est au jardin.

— Alors, j'y vais.....

L'aveugle fit le tour de la maison, poussa une porte à claire-voie et cria :

— Bonjour, Monsieur Hébert !

Il y eut un petit bruit mat. Saisi, l'éclusier, en se redressant, avait laissé tomber son outil. Il ne répondit pas tout de suite au salut de l'aveugle ; mais celui-ci l'entendit s'avancer vers lui. Lorsqu'il fut tout près du jeune homme, Hébert se pencha. Et il dit d'une voix contenue :

— Tu le fais exprès, hein ?

— Quoi ? s'écria l'aveugle.

— Je te dis que tu le fais exprès !

— Mais qu'est-ce que je fais exprès ?

L'éclusier ne répondit pas. Pendant quelques secondes, il resta immobile et comme hésitant. Puis, sans mot dire, il retourna à sa plate-bande et se remit à bêcher.....

Quant à l'aveugle, il s'assit à sa place habituelle, sous un gros prunier. Et tous deux passèrent ainsi ensemble le reste de l'après-midi, sans se parler.....

XI

DES PAS SUR LE CHEMIN

Ce soir-là, en revenant de l'écluse, l'aveugle fit une rencontre.

Il allait être 7 heures. L'aveugle allait d'un pas lent, mais régulier et presque sûr, accoutumé qu'il était maintenant à sa triste infirmité. Et puis, depuis qu'il était revenu, il avait parcouru ce chemin tant et tant de fois qu'il en connaissait pour ainsi dire tous les cailloux et toutes les ornières.

Il faisait bon. Le soleil allait se coucher et la vallée embaumait. Dans le crépuscule commençant, les fleurs des champs et les fleurs des arbres essaimaient partout leur parfum.

Alors qu'il allait arriver au village, l'aveugle entendit des pas derrière lui......

D'habitude, lorsqu'il entendait des pas, l'aveugle n'y faisait pas attention. Il savait que ceux qu'il allait croiser ou qui s'apprêtaient à le dépasser lui étaient hostiles. Tous ceux qu'il rencontrait étaient des ennemis. Ils ne lui disaient rien, ils ne l'insultaient pas parce qu'il était infirme. Mais lui, qui ne les voyait pas, il devinait quand même qu'ils passaient en s'écartant, avec des regards de mépris ou de haine. Il était l'assassin, le maudit, qu'environnaient l'opprobre et l'horreur des hommes.

Avec un stoïcisme au-dessus de son âge, l'infirme en avait pris son parti. Muré en des ténèbres éternelles, en tête-à-tête avec une pensée unique à laquelle il sacrifiait tout, il semblait faire peu de cas de l'opinion de ses semblables. Et lorsque, sur les chemins, il entendait venir quelqu'un, il prenait simplement sa droite et passait, muet, rigide, sans baisser la tête, avec seulement sur les lèvres un inconscient sourire de douloureux dédain.....

Mais ce soir-là, en entendant un pas derrière lui, l'aveugle sentit son cœur bondir. Car ce pas, il l'avait reconnu.....

Il l'avait reconnu, et inconsciemment il ralentit sa marche. Derrière lui, les pas se firent hésitants, eux aussi..... Alors, il s'arrêta, il se retourna. Et il dit doucement :

— Je te reconnais bien, va ! C'est toi qui es là, Lucie......

Les pas s'arrêtèrent. L'aveugle reprit très vite :

— Ecoute, il faut que je te dise. Je t'assure, je te jure que je ne suis pas coupable. Que les autres croient ce qu'ils voudront, ça m'est égal, mais toi..... toi..... C'est plus fort que moi, vois-tu. A la pensée que tu peux me croire coupable, mon cœur se déchire.....

On ne répondit pas..... Et pourtant c'était bien Lucie qui était là. Les yeux de l'aveugle ne pouvaient la voir, mais son cœur la devinait. En pensée, il la voyait au milieu du chemin, haletante, car il entendait son souffle précipité ; elle était pâle sans doute. Et comme elle revenait des champs, elle devait avoir sa « hâlette ». Oui! il la voyait, avec son visage rond et plein, son nez un peu retroussé et sa bouche un peu grande, mais qui savait sourire si gentiment, et surtout ses yeux bruns, au regard si expressif et si doux.....

Pourtant, elle se taisait. Alors il s'avança un peu, et il dit encore :

— Réponds-moi, Lucie ; me crois-tu coupable, oui ou non ?

Alors, l'aveugle entendit une faible voix prononcer :

— Mon Dieu !.....

— Réponds-moi !

— Je..... je ne sais pas..... gémit la voix.

L'aveugle recula. Il cria :

— Toi aussi !

Un moment, il courba la tête, comme accablé. Puis il sembla se reprendre, il releva son front d'infirme.

— C'est bien ! dit-il. Va-t'en ! Ainsi, toi qui dois me connaître mieux que les autres, puisque tu m'as aimé, puisque tu me considérais comme ton fiancé, ainsi tu peux croire que j'ai tué ton père, le père de celle que j'aimais !..... Dans mon cœur, je t'avais mise au-dessus des autres, mais tu es comme les autres. Va-t'en, te dis-je! Mais le jour est proche où tu regretteras d'avoir douté de moi.....

Il se tut. Quelques secondes s'écoulèrent. Puis l'aveugle entendit passer devant lui quelqu'un dont les pas s'éloignèrent..... Ce bruit de pas, il l'écouta peu à peu décroître et s'éteindre. Et lorsqu'il n'entendit plus rien, il se remit à marcher, la tête basse, le bâton en avant, tâtant les obstacles du chemin..... Jamais il ne s'était senti si seul ni si malheureux, jamais il n'avait autant regretté ses yeux — ses yeux qui ne pouvaient plus pleurer.....

XII

UN ACCIDENT

Lorsque, le lendemain matin, descendant de sa chambre, l'aveugle entra dans la cuisine, la mère Renaut lui dit :

— Eh bien, tu sais ? Ton ami Hébert n'a pas de chance.....

— Qu'est-ce que vous dites ? demanda-t-il d'une voix alarmée.

— Je dis qu'hier soir Hébert est tombé dans son écluse.

L'aveugle devint blême. Il cria :

— Il s'est noyé ?

— Non..... Mais ne te mets pas dans un état pareil, voyons ! Au fait, je suis une vieille bête, moi, de t'annoncer ça sans précautions. Je ne pensais plus qu'il n'y a que les Hébert qui soient bons pour toi ici..... Non, il ne s'est pas noyé. Un marinier a pu le retirer à temps.....

A tâtons, l'aveugle avait cherché un siège. Il s'y laissa tomber, tout pâle. Ses mains tremblaient. Il respira avec force, puis il demanda :

— Comment est-ce arrivé ? Le savez-vous ?

— Je ne sais pas grand'chose. C'était le soir, assez tard, à ce qu'on dit. On allait écluser un bateau. Et c'est pendant que l'écluse s'emplissait qu'Hébert est tombé dedans, trompé par la nuit qui tombait. Tout de suite les mariniers du bateau sont accourus. Il y en a un qui s'est jeté dans l'écluse, l'autre leur a lancé un câble. Ce qu'il y a de sûr, c'est qu'Hébert a été sauvé. Mais il paraît que quand on l'a retiré de là il ne reconnaissait plus personne. Il a battu la campagne toute la nuit, et on a dû aller chercher un médecin à Roncourt, à 3 heures du matin.....

L'aveugle se leva. Il dit d'une voix brève :

— Il faut que j'aille là-bas.....

— Pas avant de déjeuner ! s'écria la mère Renaut. Attends, c'est prêt.....

— Faites vite, alors..... dit l'aveugle qui ne semblait pas tenir en place.

Il avala à la hâte et sans pain son bol de café au lait et s'en alla.

Il se hâtait, fébrile. Son visage avait perdu toute son impassibilité. Lorsque, sorti du village, il se trouva sur le chemin on aurait pu l'entendre murmurer des phrases sans suite.

Mais lorsqu'il arriva sur le terre-plein de l'écluse, son pas se fit hésitant. On eût dit qu'il n'osait plus avancer. Heureusement, Hélène le vit par la fenêtre. Tout de suite, elle l'appela.

— C'est vous, Monsieur Henri ? Vous avez su ? Quel malheur ! mon Dieu ! Quel malheur !.....

— Oui, j'ai su, Madame Hélène. Et j'ai voulu venir tout de suite. Mais le médecin ? Qu'est-ce qu'il dit, le médecin ?

— Il dit qu'il faut attendre avant de se prononcer. Mais il m'a assuré qu'il y avait de l'espoir.....

L'aveugle respira.

— Allons ! tant mieux..... dit-il. Je suis content ; oui, je suis content pour vous, Madame Hélène.....

— Voulez-vous entrer le voir, Monsieur Henri ?

— Non ! non ! répondit l'aveugle. Ça le fatiguerait peut-être.

— D'ailleurs, ajouta la jeune femme, il ne vous reconnaîtrait pas. Depuis qu'on l'a retiré de l'écluse, il ne reconnaît plus personne. Quand on l'a sorti de l'eau, il restait là, ouvrant de grands yeux et claquant des dents, sans rien dire. Je l'ai déshabillé, je l'ai couché, je lui ai fait prendre des boissons chaudes. Heureusement que les mariniers étaient restés avec moi, car, tout d'un coup, il s'est mis à battre la campagne. Il avait la figure toute rouge, il sautait dans son lit, il disait qu'il voulait aller près du pont, pour sauver le père Maru qui se noyait. Les deux mariniers n'avaient pas trop de toutes leurs forces pour le maintenir. Puis après, c'est à vous qu'il en avait, Monsieur Henri. Il vous chassait ; il criait : « Va-t'en, Henri ! va-t'en ! Tes yeux me font mal..... » Des folies, quoi !

— Je sais ce que c'est, répondit l'aveugle. J'ai été comme ça pendant trois semaines. On en dit des bêtises, allez, quand on est dans le délire.....

— Ça été toute la nuit pareil. Tout de même, vers 2 heures du matin, il s'est calmé, il s'est assoupi un peu. Mais sa figure n'était pas bonne, et il avait une fièvre !..... Alors, un des mariniers a été à Roncourt chercher un médecin.

— Enfin, d'après ce que vous me dites, il s'en tirera, allez, Madame Hélène. C'est probablement une congestion pulmonaire, et de ça, on en revient..... Non, je ne veux pas entrer, je vous remercie. J'étais venu seulement pour avoir des nouvelles, et pour vous demander si je puis vous être bon à quelque chose...

— Vous êtes bien gentil, Monsieur Henri. Mais ma cousine Ida est venue et l'administration va envoyer un remplaçant.

— Alors je m'en vais, je reviendrai demain. En attendant, soyez courageuse, Madame Hélène ; il faut avoir bon espoir.....

..... Et tous les jours l'aveugle revint prendre ainsi des nouvelles d'Hébert, dont l'état restait à peu près le même. Pourtant, au bout d'une semaine, le docteur commençait à avoir de l'espoir. Le neuvième jour, il fut rassuré tout à fait et le dit : le malade ne délirait plus, la fièvre l'avait quitté, il était hors d'affaire à présent. Seulement, la convalescence serait longue, car le malade semblait très déprimé, au moral comme au physique.

Lorsque l'aveugle apprit par Hélène qu'Hébert était définitivement sauvé, il dit simplement, mais avec un accent profond:

— Dieu est bon !

Dès lors, il fut assez longtemps sans revenir à la maison de l'éclusier. Il s'en alla d'abord passer quelques jours à Rompierre chez l'abbé Claudel. Le prêtre le trouva nerveux, fébrile, avec des sautes d'humeur bizarres. Toutefois, il ne lui fit aucune question.

Puis, lorsque l'aveugle revint à Leuzoy, on ne le vit plus ni dans le village ni sur le chemin de l'écluse. Il passait toutes ses journées dans le jardin qui était derrière sa maison ou assis près du foyer quand le temps était mauvais. Jamais la mère Renaut ne l'avait vu si sombre.....

De temps à autre, on avait indirectement des nouvelles d'Hébert : l'éclusier se remettait, mais lentement, très lentement — trop lentement, disaient les gens, en secouant la tête.....

XIII

J'AVOUE

Il s'était écoulé plus d'un mois depuis l'accident d'Hébert, lorsqu'une après-midi l'aveugle prit sa canne et sortit. Comme autrefois, il traversa le village et se dirigea vers l'écluse.

Hélène l'accueillit avec sa cordialité coutumière. Il fallut qu'il s'assît dans la cuisine, et qu'il causât un instant avec elle. Il s'informa de la santé de son mari.

— Il se remet, Monsieur Henri, répondit la jeune femme. Il ne se remet pas vite, bien sûr — après une secousse pareille, n'est-ce pas ? — mais enfin, il n'y a plus de danger, c'est l'essentiel. Le médecin recommande seulement beaucoup de précautions. Vous voulez le voir ?

— Si c'était possible, oui..... Mais je ne voudrais pas le fatiguer.....

— Mais non..... mais non.....

Guidé par la jeune femme, l'aveugle monta l'escalier qui conduisait à l'étage. Hélène ouvrit une porte et dit :

— Joseph, c'est M. Henri.....

L'aveugle entendit une voix sourde qui disait :

— Ah !

— Tenez, ajouta Hélène, voilà une chaise, asseyez-vous, Monsieur Henri. Je vais vous laisser seul un instant, il faut que je descende.....

Elle sortit en fermant la porte. Les deux hommes restèrent seuls.

— Alors, c'est toi ? prononça l'éclusier.

— Oui, c'est moi, Monsieur Hébert. Je suis content, vous savez, très content que vous soyez tiré d'affaire.....

— Je croyais que tu ne viendrais plus.....

— Pourquoi ?

Hébert ne répondit pas. Mais l'aveugle l'entendit pousser un long soupir.

Il y eut un silence. Puis de nouveau la voix de l'éclusier s'éleva. L'aveugle ne pouvait le voir. Il le devinait changé, vieilli, le masque ravagé par la maladie ; mais s'il ne pouvait voir ce changement, il devinait au timbre de sa voix — une voix sourde, lasse et comme douloureuse — combien l'éclusier était déprimé. Sans qu'il en fît rien voir, cette voix lui faisait mal.

Après un silence, Hébert prononça :

— Il aurait mieux valu que j'y reste.....

— En voilà des idées !

— Je t'assure que si..... Ah ! si tu savais !.....

— Je ne sais pas ce que vous voulez dire, répondit l'aveugle. Mais ce que je sais, c'est que la mort n'a jamais rien réparé..... Et puis, il faut penser à ceux qui restent. Regardez comme c'est triste d'être tout seul dans la vie, de n'avoir plus ni père ni mère, comme moi....

— Tais-toi ! Mais tais-toi donc ! dit l'éclusier d'une voix rauque.

De nouveau il y eut un silence. Puis l'aveugle se leva en disant :

— Je m'en vais. Je devine que vous avez besoin d'être seul, pour reposer.

— Oui..... oui..... Je crois que je vais dormir.

— Alors, je vous laisse..... Au revoir.

— Au revoir.....

L'aveugle se dirigeait en tâtonnant vers la porte lorsque s'éleva encore la voix d'Hébert. Il demandait :

— Tu reviendras ?

— Mais oui. A présent que vous allez mieux, je viendrai vous tenir compagnie.

— Tous les jours ?..... Comme avant, alors ?.....

— Comme avant, oui......

L'éclusier ne dit plus rien. Mais l'aveugle l'entendit pousser un soupir douloureux qui ressemblait à un gémissement. Comme il avait trouvé la porte, le jeune homme l'ouvrit et s'en alla......

Lorsqu'il revint le lendemain, l'aveugle apprit d'Hélène que le malade avait passé une mauvaise nuit. Mais il avait un peu reposé dans la matinée, et maintenant il était mieux.

— Alors, je puis aller lui dire bonjour ? demanda l'aveugle. Oui ! Mais ne vous dérangez pas, Madame Hélène. Maintenant, je connais le chemin, et je puis me conduire tout seul....

De fait, il monta l'escalier presque aussi rapidement que s'il y voyait. Il entra dans la chambre du malade, et il dit :

— Bonjour ! C'est moi, Monsieur Hébert.....

— Bonjour ! répondit faiblement l'éclusier.

Puis tous deux se turent. A tâtons, l'aveugle chercha un siège et s'assit devant le lit du malade. Au bruit de sa respiration, il devina que celui-ci ne le regardait pas : il devait s'être tourné la figure contre le mur. Pendant de longs instants, tous deux restèrent ainsi, immobiles, sans se parler.

Ce fut l'éclusier qui, le premier, rompit ce lourd silence.

L'aveugle l'entendit remuer dans son lit : sans doute il se retournait. Puis il dit :

— Ecoute, Henri..... Je t'assure que je n'en peux plus.....

— Comment ça ? répondit l'aveugle d'un ton surpris.

— Et que je voudrais être mort..... mort..... mort.....

— Vous y pensez encore ? Vous m'avez déjà dit ça hier, Monsieur Hébert. En voilà des idées ! Qu'est-ce que vous en auriez de plus, d'être mort ? Il ne suffit pas de mourir pour être quitte de tout, vous devez bien le savoir.....

L'aveugle entendit encore remuer l'éclusier. Celui-ci venait probablement de se mettre sur son séant, car le lit craqua. Puis l'aveugle sentit passer le souffle d'Hébert sur sa figure. En même temps, une voix sourde disait, avec un accent extraordinairement douloureux :

— Henri ! Henri ! Tu n'auras donc pas pitié ?.....

L'aveugle recula son siège.

— Pitié de qui ? demanda-t-il. Je ne sais pas ce que vous voulez dire, Monsieur Hébert.

Et il ajouta :

— Et puis, est-ce à moi qu'il convient de parler de pitié ? A-t-on eu pitié de moi ?

L'éclusier laissa retomber sa tête sur l'oreiller avec un gémissement sourd. Et, de nouveau, tous deux se turent..... L'aveugle restait assis, immobile, les mains croisées sur sa canne. Plus fermée que jamais, sa face rigide n'exprimait rien. Il semblait attendre on ne savait quoi. A la fin, il se leva, comme s'il allait partir. Mais avant de s'en aller, il demanda :

— Vous n'avez rien à me dire, Monsieur Hébert ?

— Oh ! mon Dieu ! gémit l'éclusier, il le faut donc ?.....

L'aveugle pâlit un peu. Il pencha la tête pour écouter. Et il entendit Hébert prononcer presque à voix basse :

— J'avoue.....

XIV

« ..... JE L'AI SEULEMENT LAISSÉ SE NOYER »

Alors l'aveugle leva vers le ciel ses yeux qui ne voyaient pas. Et le visage rayonnant d'une joie reconnaissante, il dit :

— Mon Dieu, je vous remercie.....

Puis il s'avança près du lit où, morne, l'éclusier attendait. Et il parla.

— Vous avouez, c'est bien. *Vous savez*, d'ailleurs, *que je savais* depuis longtemps. Mais à présent, il faut tout dire. C'est vous qui avez assassiné M. Maru ?

— Non ! s'écria Hébert. Tout ce que vous voudrez, mais pas ça. Je ne l'ai pas jeté à l'eau, *je l'ai seulement laissé se noyer.*

— Ah ! dit l'aveugle, pensif.

Et il ajouta :

— Je vous crois. D'ailleurs, cela explique bien des choses. Mais le portefeuille ?

— Il était tombé sur le talus ; c'est pour pouvoir le garder que j'ai laissé *l'autre* se noyer.

— C'est vous qui avez attaché Bayard et allumé ma lanterne ?

— Oui.

— C'est vous que le témoin Robert a rencontré sur la route ?

— Oui.

— Pourquoi avez-vous fait ces choses ? Vous me haïssiez donc bien ?

— Non. *Mais j'avais peur d'être pris.* J'avais le portefeuille. Si on l'avait su, personne n'aurait cru que *l'autre* était tombé à l'eau par accident ; on aurait dit que je l'avais assassiné pour le voler ; je n'aurais pas pu me défendre. Alors, j'ai eu peur. Tout ce que j'ai fait contre toi, je l'ai fait par peur. Je ne voulais pas être pris. Et puis quelque chose me poussait, je ne me rendais pas bien compte de ce que je faisais. La peur me rendait fou. Ce n'est qu'après que j'ai compris. Ah ! après !..... Mais j'étais bien décidé : si on t'avait condamné, je me serais dénoncé.

— Et ma mère morte ? Et mon père mort ? Et moi aveugle ?

— Oui..... oui..... Voilà ce qui me tue. Ah ! si j'avais prévu tout ça ! Mais on ne prévoit jamais rien, quand on fait mal..... Et puis, une faute entraîne d'autres fautes..... c'est comme un engrenage..... On finit par y passer tout entier, sans le vouloir.

— Et Mme Hélène ?

— Oh ! elle ne sait rien, jamais elle ne s'est douté de quoi que ce soit. Qu'est-ce qu'elle va penser de moi, quand elle va savoir ? Car tu vas me dénoncer, n'est-ce pas ?

L'aveugle ne répondit pas. Il venait de s'asseoir et il réfléchissait. L'éclusier dit encore :

— Une chose dont tu dois te douter, c'est que je n'en ai plus pour longtemps. On me croit guéri et en convalescence. Mais je ne me remettrai pas, je le sens bien.....

Son ton se fit suppliant :

— Alors, voilà. Je sais bien qu'après ce qui est arrivé, tu ne me dois aucune pitié. Mais si tu voulais t'arranger pour qu'Hélène n'apprenne la chose qu'après ma mort? Ce ne sera pas long, va, l'affaire de quelques semaines, deux ou trois mois au plus. Et tu peux être sûr que je te dis la vérité ; je suis flambé, demande plutôt au médecin.....

L'aveugle releva la tête. Puis il prononça :

— Voilà ce que je vous demande de faire. Après-demain, dans l'après-midi, je viendrai ici avec l'abbé Claudel, Mme Maru et Lucie, M⁰ Ferron et le maire de Leuzoy. Alors, devant eux, vous ferez l'aveu détaillé de votre faute ; on l'écrira sous votre dictée, vous certifierez par écrit que ce document est bien l'expression de la vérité, vous le signerez et vous me le remettrez.....

— Oui..... Mais Hélène, qu'est-ce qu'elle va dire, en voyant tout ce monde-là ?

— Je m'arrangerai de manière à ce qu'elle n'ait pas de soupçons.....

— Et après, qu'est-ce que tu feras du document ?

— Je ferai mon devoir, répondit simplement l'aveugle.

Il se leva.

— Je m'en vais, continua-t-il. Vous avez compris ce que je vous demandais ? Vous consentez ?

— Oui..... oui..... Mais Hélène ? Hélène saura-t-elle ?

— Repentez-vous ! dit seulement l'aveugle.

— Oh ! mon Dieu, gémit Hébert.

Sans ajouter un mot, l'aveugle ouvrit la porte et s'en alla.

XV

LE RÉCIT DU DRAME

Et voici le récit qu'Hébert fit le surlendemain soir, en présence des témoins amenés par Henri Collin — récit que l'un d'eux transcrivit sous la dictée de l'éclusier :

— Donc, ce samedi-là, ma femme était partie à 1 heure, pour aller à la fête chez sa tante. Elle avait emmené l'enfant, j'étais donc seul. Vers 7 heures, comme j'avais mangé, et que je savais qu'il ne passerait plus de bateaux, l'idée me vint de me promener un peu. Je m'en allai donc faire un tour sur le chemin de halage d'aval.

Je ne pensais à rien. Je me promenais pour me promener, voilà tout. J'étais arrivé comme ça presque au bout du petit bief, lorsqu'à la clarté de la lune qui donnait par intervalles, je vis venir un homme sur le chemin. Je le reconnus tout de suite, c'était M. Maru. Il me rejoignit bientôt. Il avait la figure rouge et les yeux brillants. Et quand il me causa, son souffle sentait l'alcool. Je devinai qu'il avait bu. Mais j'eus l'impression que son ivresse s'était en partie dissipée, car il marchait à peu près droit. Il s'arrêta et dit :

— Tiens, c'est l'éclusier..... Bonsoir, Hébert !

— Bonsoir, Monsieur Maru..... Ça m'étonne de vous voir par ici à cette heure.....

Il répondit :

— Ne m'en parle pas. J'étais parti ce matin en voiture avec Henri, mon commis. Je lui avais donné l'ordre d'atteler pour 5 heures. J'avais des courses à faire, je me suis attardé, et je ne suis revenu au *Lion d'or* qu'un peu après 6 heures. Mais, dans l'intervalle, je ne sais quel imbécile avait dit à mon commis que j'étais parti à pied en avant, de sorte que je suis revenu, mon animal de Collin avait filé depuis près d'une demi-heure avec la voiture, comptant me rattraper sur la route.....

— Et que vous êtes obligé de vous appuyer près de douze kilomètres à pied ?

— Oui.

— En somme, dans votre état, cette petite promenade ne vous fera pas de mal, Monsieur Maru.....

— Tu veux dire que ça me remettra, hein ? Bah ! après tout, tu as raison. Je suis ivre, c'est vrai ; et je serais un imbécile de me fâcher parce qu'on me le dit. Mais ça va déjà mieux, tu sais.....

— Je le vois bien, Monsieur Maru. Mais tout de même, ce n'est pas prudent à vous d'avoir suivi le canal.

— C'est que, vois-tu, lorsque je suis sorti de la ville, je ne savais guère ce que je faisais. J'ai pris le chemin de halage par habitude, sans m'en rendre compte. Mais, je te le répète, ça va mieux à présent. Lorsque je serai arrivé, ça sera tout à fait passé. Diable de vin des côtes, va !..... Et toi, mon garçon, où allais-tu comme ça ?

— Moi, Monsieur Maru, je fais un tour avant d'aller coucher. Mais je vais retourner avec vous. Nous ferons chemin ensemble jusqu'à l'écluse.....

— Allons ! dit M. Maru.

Et nous nous remîmes en marche.

Si je raconte ça si longuement, c'est pour bien prouver qu'en rencontrant M. Maru, je ne pensais à rien de mal. Je me souviens de tout ce que nous avons dit comme si j'y étais encore. Je me mis donc à marcher à côté de M. Maru, toujours sans penser à mal. Au contraire, je me disais que c'était plus prudent à moi de l'accompagner, vu son état.

— Tout de même, me dit M. Maru lorsque nous nous remîmes en route — tout de même, à présent que je commence à pouvoir me rendre compte, je suis content d'avoir un compagnon de route. J'ai de l'argent sur moi, et dame ! par le temps qui court.....

— En ce cas, vous n'avez pas été raisonnable du tout, Monsieur Maru.

— Fais-moi la morale, va ! Je le mérite. Mais je t'assure qu'on ne m'y reprendra pas de sitôt, ah ! non..... C'est l'argent de quelques cochons et d'une vache, que j'ai vendus à Lévy..... Plus de quinze cents francs.....

— C'est une somme !

— Je te crois !..... Le plus fort, c'est que j'ai comme un vague souvenir d'avoir dit en ville, dans un cabaret où je m'étais attablé avec des individus que je ne connais pas, que j'avais de l'argent sur moi. Je crois même avoir sorti mon portefeuille pour montrer les billets. Est-on bête, hein ! quand on a bu ?.....

— Vous pouvez le dire, Monsieur Maru.

— Tu ne bois jamais, toi, Hébert ?

— Jamais, c'est beaucoup dire. Mais enfin, depuis que je suis marié, ça ne m'est arrivé qu'une fois.

— Oui..... oui..... Tu es sage, toi..... Ah ! mon Dieu ! fit tout à coup M. Maru qui s'arrêta.

— Qu'est-ce que vous avez, Monsieur Maru ?

— Si..... si on m'avait.....

Il n'acheva pas. D'une main que je voyais trembler un peu, il fouillait dans la poche intérieure de sa veste. Il poussa un soupir de soulagement en en retirant un gros portefeuille de cuir tout gonflé. Il l'ouvrit en disant :

— Je venais de penser que, dans l'état où j'étais, on aurait très bien pu me voler sans que je m'en aperçoive seulement. Mais non ! Le compte y est..... Dieu ! que j'ai eu peur !.....

Il ajouta :

— Et quelle leçon !

Moi, je vous jure qu'à ce moment-là je ne pensais encore à rien de mal. Vous allez voir comment c'est venu.....

Nous étions arrivés non loin de l'écluse, à l'endroit où le chemin de halage monte pour rejoindre le pont. Vous savez que là les berges, en s'élevant, forment des talus de plus en plus élevés, à pente très raide.

M. Maru s'était donc remis à marcher, et tout en marchant il se disposait à replacer le portefeuille dans la poche intérieure de sa veste. Il marchait à droite, du côté du talus. Je ne sais pas si ce fut par suite de son reste d'ivresse, ou s'il fut distrait par le fait de vouloir remettre son portefeuille dans sa poche tout en marchant. Toujours est-il qu'à un moment donné il obliqua un peu trop à droite ; son pied porta à faux sur l'herbe mouillée, il fit un faux mouvement pour retrouver son équilibre, poussa un juron, et finit par rouler comme une boule le long du talus rapide. Tout ça si vite que je n'avais pas eu le temps de faire un geste..... En bas, il parvint à se raccrocher je ne sais comment, et s'immobilisa ainsi, les jambes dans l'eau jusqu'aux genoux, et cramponné des deux mains à l'herbe du talus.....

XVI

LE DRAME

En le voyant rouler, je ne pus m'empêcher de pousser un cri. Je ne pensais encore à rien de mal. Au contraire, je me rassurai et je me réjouis en pensant que M. Maru avait pu arrêter sa chute à temps. Mais je me rendis compte tout de suite qu'il ne pourrait pas se tirer de là tout seul.

En effet, tout le monde sait qu'en cet endroit les bords du canal sont maçonnés et en pente. C'est en vain que le long de cette pente M. Maru cherchait un point d'appui pour ses pieds : il ne trouvait aucune aspérité dans la maçonnerie rendue unie et glissante par le contact continuel de l'eau. D'un autre côté, le peu de solidité des herbes auxquelles il s'était cramponné ne lui permettait pas de se hisser le long du talus. Tout ce qu'il pouvait faire, c'était donc de rester ainsi, sans un mouvement.

Je me rendis compte tout de suite de la situation, et après quelques secondes de trouble je repris vite mon sang-froid en voyant qu'il n'y avait pas de danger immédiat. Je criai à M. Maru :

— N'ayez pas peur ! je viens.....

En même temps, je commençai à descendre avec précaution le long du talus glissant. A la clarté de la lune, je voyais en bas M. Maru à plat ventre le long de la berge, les deux mains crispées sur l'herbe, en levant vers moi une figure effrayée.

— N'ayez pas peur ! répétai-je.

J'étais déjà à moitié pente et n'avais plus que trois pas à faire pour tendre la main à M. Maru. De me voir si près, il commençait même à se rassurer et plaisanta.

— Un bain de pieds qui n'est pas chaud ! dit-il. Mais qu'est-ce que tu fais ? Dépêche-toi donc !.....

..... Car ce fut seulement à ce moment-là que me vint la tentation.

Jusque-là, aucune pensée mauvaise ne m'était venue. J'étais au contraire décidé à faire l'impossible pour sauver M. Maru. Il aurait roulé jusqu'au milieu du canal que je me serais jeté à l'eau pour le repêcher, sans rien calculer.....

Mais voilà..... Tout à coup, au moment où je n'avais pour ainsi dire plus qu'à tendre la main à M. Maru, je vis briller quelque chose au milieu du talus, sous la clarté de la lune. Ce quelque chose, c'était le fermoir de nickel du portefeuille qu'en tombant M. Maru avait laissé échapper, et qui était là, tout près de moi — presque à mes pieds.

Moi, je n'y pensais seulement plus, au portefeuille. Mais en le voyant là, je ne sais ce qui se passa en moi. Il y avait quinze cents francs, dans ce portefeuille — quinze cents francs en beaux billets bleus. Alors, mais alors seulement, je vous le jure, l'idée me vint : si M. Maru se noyait, le portefeuille resterait là, je n'aurais qu'à me baisser pour le prendre. Je ne pensai à rien de plus, je ne calculai rien, je ne vis pas les suites que la chose ne pourrait manquer d'avoir. Il n'y avait en moi que l'idée de me baisser, de ramasser le portefeuille et de me sauver avec.

Quant à vous dire ce qui se passa exactement, je n'en sais rien. Tout ça est si vite arrivé que je n'ai pas eu le temps de réfléchir. J'étais emporté comme dans un rêve — vous savez, un de ces rêves bêtes qu'on fait quelquefois, où l'on voudrait crier sans pouvoir ouvrir la bouche, où l'on voudrait courir sans pouvoir remuer les jambes..... J'avais la fièvre, mes tempes battaient et je sentais la sueur me couler sur le front. J'entendis vaguement M. Maru répéter :

— Mais dépêche-toi donc !.....

Machinalement, je me retournai vers lui. Juste à ce moment, une des touffes d'herbe auxquelles il était cramponné céda, puis l'autre — ou bien fatigué il les lâcha. Toujours est-il que je le vis glisser rapidement sur son ventre. Pourtant, il parvint encore sans doute à s'aggripper à la terre, car le glissement s'arrêta. Mais il était dans l'eau jusqu'aux aisselles..... Alors je vis son visage bleuir et ses yeux comme se retourner ; depuis, j'ai pensé que c'était le commencement de la congestion.

Pourtant, il bégaya encore :

— Dé..... pêche-toi.....

Juste à ce moment, la lune disparut derrière des nuages, et je ne vis plus rien.....

..... Moi, je restais là tout seul dans le noir, sans comprendre encore..... Toujours comme dans un de ces rêves dont je vous parlais tout à l'heure ; j'aurais voulu m'enfuir, et pourtant je restais là.

La porte d'aval de l'écluse était fermée. Comme toujours, elle fuyait. Et le bruit de l'eau des fuites qui retombait dans le bief inférieur ressemblait à des murmures ou à des chuchotements qui faisaient se hérisser les cheveux sur ma tête..... Il me semblait que, dans le noir, en face de moi, il y avait une foule que je ne pouvais voir, mais qui me voyait, et qui disait à voix basse : « C'est Hébert le voleur..... C'est Hébert l'assassin. » Avez-vous déjà écouté le bruit que fait l'eau en tombant près d'une porte d'écluse qui fuit? Fermez les yeux et écoutez bien : on dirait un murmure de voix qui chuchotent. Moi, depuis, je n'ai jamais pu rester près du pont, quand la porte d'aval était fermée : il me semblait toujours qu'il y avait là quelqu'un de caché et qui me causait tout bas.....

Enfin, vous devinez tous comment ça a fini..... Lorsque la lune reparut, et que je regardai devant moi, je ne vis plus rien à la place où, tout à l'heure, M. Maru se cramponnait.

Alors, je me baissai et ramassai le portefeuille. Puis, remontant le talus, je traversai le chemin de halage, et, redescendant de l'autre côté, je me mis à courir à travers champs, sans savoir au juste ce que je faisais, et pour ne plus entendre les voix qui chuchotaient toujours près de la porte de l'écluse.

XVII

L'AUTRE CRIME.....

J'avais mis le portefeuille dans ma poche et je courais comme un fou, droit devant moi. Au bout de je ne sais combien de temps, je distinguai une ligne d'arbres : la route était devant moi. Alors il me sembla que je m'éveillais. Je m'arrêtai et essayai de réfléchir.

Il y avait une chose certaine : M. Maru était mort, et j'avais son argent dans ma poche. Etais-je ou n'étais-je pas un assassin ? Je n'avais pas fait périr M. Maru ; mais je l'avais laissé se noyer..... Je me cramponnai à cette idée : je n'étais pas un assassin, puisque M. Maru était tombé à l'eau par accident. Mais, dans tous les cas, j'étais un voleur, puisque j'avais pris son portefeuille.....

Comment, moi, Hébert, qui n'avais jamais failli, avais-je pu si soudainement devenir un voleur et presque un assassin — pire qu'un assassin, peut-être ? Je ne le comprenais pas..... Je n'ai d'ailleurs jamais compris ce qui s'était passé en moi dans ces minutes-là..... Je n'aurais jamais cru qu'il suffisait de si peu de temps, et si peu de chose, pour rendre un honnête homme criminel.

Et puis, qu'allait-il se passer ? On allait s'inquiéter de la disparition de M. Maru. Tôt ou tard on retrouverait son corps dans les environs de l'écluse. Je pourrais être soupçonné. Et si j'étais soupçonné, accusé, qui me croirait jamais lorsque je dirais la vérité, à savoir que M. Maru était tombé accidentellement dans le canal ? Lorsqu'on me saurait en possession du portefeuille du mort, tout le monde croirait nécessairement que je l'avais jeté à l'eau après l'avoir volé.

Tout cela m'apparut dans un éclair. J'aurais voulu pouvoir revenir en arrière, remonter le temps, me retrouver sur le talus à l'instant où je n'avais qu'un geste à faire pour sauver M. Maru. Mais il était trop tard, le mal était fait, et rien ne pouvait le réparer, et j'étais déjà le prisonnier de ma faute.....

Je me remis à marcher machinalement et arrivai près de la route. Je jetais un coup d'œil autour de moi pour m'assurer qu'elle était déserte lorsqu'à la clarté de la lune, presque en face de moi, de l'autre côté de la route, je distinguai un attelage arrêté. En y regardant mieux, je vis que c'était un chariot, attelé d'un cheval blanc.

Malgré mon trouble, je fus d'autant plus intrigué qu'il me semblait reconnaître ce cheval blanc. Je m'approchai et pus m'assurer que je ne me trompais pas : l'attelage qui semblait abandonné là était celui de M. Maru.

Je ne sais pas comment ça s'est fait, mais à ce moment j'avais une certaine tranquillité. Je ne voyais personne sur la voiture ni sur la route..... C'était certainement le commis de M. Maru qui avait conduit l'attelage jusque-là. Mais pourquoi n'était-il pas là ? Qu'est-ce qu'il était devenu ? Il me semblait, je ne savais pourquoi, que j'avais intérêt à savoir ce qu'était devenu Henri Collin. Le cheval semblait très tranquille, il était arrêté près d'un arbre, sans être attaché..... Il y avait une lanterne suspendue au chariot, mais elle n'était pas allumée. Machinalement, je fis le tour de la voiture, et je passai de l'autre côté. La position de la voiture était telle que je dus descendre dans le fossé..... Ce fut alors que, dans ce fossé, je vis un corps étendu. Je me baissai, et je reconnus Collin. Il ne bougeait pas. Un instant, je le crus mort ou évanoui. Mais je reconnus bientôt qu'il n'était qu'endormi, au bruit de sa respiration. Il était nu-tête, étendu sur le dos, les genoux un peu relevés. Et il dormait, dans la boue du fossé. Je devinai que lui aussi avait bu, et que son sommeil était celui de l'ivresse.

Était-il tombé de voiture ? En était-il descendu volontairement et s'était-il couché là, pris de sommeil, sans savoir ce qu'il faisait ?

Je ne me le demandai pas. Une idée m'était venue. Je quittai le fossé sans bruit et revins sur la route. J'attachai Bayard, j'allumai la lanterne de la voiture et je m'en allai, sans que Collin se fût éveillé. Personne non plus n'était passé sur la route. Du reste, je n'avais peut-être pas mis cinq minutes pour réfléchir, puis pour agir.

Comme tout à l'heure, j'avais agi sans rien calculer, sans rien approfondir. Je sentais seulement qu'en faisant ce que je venais de faire, je travaillais à mon salut. Je comprenais confusément que, pour peu que Collin tardât à se réveiller, c'était sur lui que tomberaient les soupçons, car, à cette heure, il eût dû déjà être arrivé à Leuzoy. Comment expliquerait-il ce retard ? Lui qui ne buvait jamais, le croirait-on lorsqu'il affirmerait que, ivre, il s'était endormi au fond d'un fossé ? Qu'un voyageur passât sur la route, et il ne serait pas sans remarquer, grâce à la lanterne, la présence d'un attelage abandonné à cet endroit. Et il ne verrait pas Collin, car on n'aurait certainement pas l'idée de faire le tour de l'attelage pour regarder dans le fossé, d'autant plus que, Bayard étant attaché, toute idée d'accident serait écartée. Alors on demanderait à Collin : « Qu'avez-vous fait lorsque vous avez quitté votre attelage, après avoir attaché votre cheval ? »

Voilà ce que je comprenais. Mais, sur l'instant, je ne réfléchis pas combien était lâche et odieuse cette idée de vouloir faire prendre un innocent à ma place. La peur m'avait pris — la peur de la honte, la peur des gendarmes, la peur de la Cour d'assises, la peur du bagne. Pour me sauver, pour me tirer d'affaire, j'aurais tout fait. Et depuis, j'ai compris comment il se faisait qu'un crime pouvait si facilement en entraîner d'autres..... C'est la peur qui vous fait agir. La peur rend les hommes lâches et féroces, pires que des bêtes fauves.....

Je ne m'excuse pas, vous comprenez. C'est pour vous expliquer comment j'ai été amené à devenir un si grand misérable..... Enfin, ce qui est fait est fait.....

Je n'ai plus la force d'en dire bien long à présent. Et puis, vous devinez le reste. L'homme que le témoin Robert a rencontré la nuit sur la route, le lendemain du crime, c'était moi.

Là encore, le hasard a tout fait, j'ai profité d'une circonstance que je n'avais pas prévue. Bref, dans presque tout ce qu'il a supposé à la Cour d'assises, M. l'avocat était dans le vrai. Seulement, il ne pouvait pas savoir que je n'avais pas tué M. Maru, mais que je l'avais seulement laissé mourir.

Maintenant, si j'ai été raconter à la justice que j'avais vu s'enfuir un homme dans les champs, c'était pour dépister les soupçons possibles. Comme on devait forcément retrouver le corps de M. Maru non loin de mon écluse, j'ai pensé que si je disais que je n'avais rien vu ni entendu, ça paraîtrait suspect..... C'est comme pour la pèlerine : si j'ai répondu qu'elle venait aux genoux de l'homme que j'avais soi-disant vu, c'est que vous devez vous souvenir que j'ai été pris à l'improviste lorsqu'on m'a questionné là-dessus ; il ne fallait pas avoir l'air d'hésiter ; alors j'ai répondu ça comme j'aurais répondu autre chose, parce que je n'ai pas eu le temps de réfléchir.....

Je crois que j'en ai assez dit pour que tout le monde comprenne. La vérité finale de tout ça, c'est que j'ai laissé M. Maru se noyer sous mes yeux pour pouvoir le voler, et qu'après, de peur de me voir prendre, non seulement comme un voleur, mais comme un assassin, je me suis arrangé de manière à ce qu'on croie Henri Collin coupable.....

Je m'accuse de tout ça devant vous parce que les remords m'ont rendu trop malheureux, et que je veux mourir en paix, car je sens bien que je ne m'en remettrai pas.

Pour finir, je demande qu'Henri Collin, ainsi que Mme Maru et ses enfants, veuillent bien me pardonner, car si depuis.....

XVIII

ET IL ME SEMBLAIT QUE CES LUNETTES NOIRES ÉTAIENT DES YEUX...

Puis l'éclusier indiqua où il avait caché l'argent. C'était sous une brique de la cheminée de sa chambre, laquelle brique fut extraite sans trop de peine, grâce à ses indications. Il y avait là exactement quinze cents francs : un billet de mille francs, deux de cent et six de cinquante, le tout enveloppé dans un morceau de journal. L'éclusier avait brûlé le portefeuille et les papiers qu'il contenait, et poussé la précaution jusqu'à jeter dans la Meuse le fermoir de nickel.

Cette somme fut remise immédiatement à Mme Maru.....

Puis, sous la dictée de l'avocat, Hébert écrivit en bas du document qu'on vient de lire quelques mots par quoi il en certifiait la véracité, et il signa. Toujours sous la dictée de Mᵉ Ferron, une autre formule du même genre fut ensuite écrite par le maire de Leuzoy au nom de tous ceux qui avaient entendu les aveux d'Hébert, et également signée par eux. Le docteur de Roncourt qui soignait Hébert, se trouvant là par hasard, était resté, sur la prière du malade ; il signa comme les autres.

Quand ce fut fini, l'éclusier retomba sur ses oreillers, ferma les yeux et parut s'assoupir. Il semblait épuisé.

— Maître, dit alors l'abbé Claudel à l'avocat, une question : quelle est la valeur de ce document au point de vue légal ?

— Pour notre ami Collin, répondit Mᵉ Ferron, il ne peut avoir qu'une valeur purement morale. Vous comprenez pourquoi. Si notre ami avait été condamné, le document dont il s'agit constituerait un fait nouveau, susceptible d'entraîner la revision de l'affaire — après, toutefois, qu'Hébert eût eu confirmé ses aveux en présence d'un magistrat. Mais Henri Collin a été acquitté. La justice n'a donc plus aucune raison de revenir sur son affaire. Toutefois, pour lui, ce document n'en a pas moins une importance énorme, puisqu'il établit d'une manière irréfutable que, contrairement à ce que beaucoup persistent à croire, il est bien innocent.

— Il faudrait alors rendre ce document public ? demanda l'aveugle, qui, jusque-là, n'avait rien dit.

— Mais certainement.....

— Et si le document est rendu public, quelle sera la situation d'Hébert vis-à-vis de la justice ?

— La publicité du document aura absolument le même résultat qu'une dénonciation. Dès que ce document, d'une manière ou d'une autre, aura été porté à la connaissance du public, une instruction sera certainement ouverte, Hébert interrogé et probablement arrêté.

— Mais je croyais que pour certains délits, et notamment pour un vol, on n'arrêtait préventivement le coupable que s'il était surpris en flagrant délit ?

Avant de répondre, l'avocat eut une hésitation. Il regarda du côté du lit, où l'éclusier, qui venait de se soulever sur un coude, semblait écouter avec attention. Quand il vit que l'avocat le regardait, il dit :

— Oh ! vous pouvez répondre, Monsieur l'avocat ; je devine bien ce que vous allez dire, allez !

— Eh bien, voilà ! reprit M° Ferron. Je suis persuadé, comme tous ceux qui sont ici et qui l'ont entendu, qu'Hébert dit la vérité lorsqu'il nous affirme qu'il n'a pas jeté lui-même M. Maru à l'eau, et qu'il l'a seulement laissé se noyer. Légalement, il n'a donc commis qu'un vol, car le fait de laisser périr un homme sous ses yeux alors qu'on n'a qu'un geste à faire pour le sauver n'est pas prévu par la loi ; c'est un compte qui ne peut se régler qu'avec la conscience de chacun, c'est-à-dire avec Dieu. Il n'y a donc eu que vol. Mais il est certain que les circonstances dans lesquelles ce vol a été commis paraîtront — à tort, je le répète — suspectes à la justice, qui ne manquera pas d'inculper Hébert, non seulement de vol, mais encore d'assassinat. Or, il n'est pas nécessaire qu'on surprenne un assassin en flagrant délit pour qu'on puisse l'arrêter.....

— Je comprends, dit l'aveugle.

Et l'éclusier murmura de son côté, comme s'il se parlait à lui-même :

— Voilà ce que je m'étais toujours dit. Ah ! s'il n'y avait eu que le vol !.....

Il laissa de nouveau tomber sa tête sur l'oreiller et ferma les yeux.

— J'espère, continua l'avocat, qu'à présent la situation vous apparaît nettement. Et il appartient à Henri Collin, ainsi qu'à Mme et Mlle Maru, de juger s'ils peuvent faire droit à la prière d'Hébert, qui demande que le document ne soit rendu public qu'après sa mort.

— Mais, dit le maire de Leuzoy en regardant le docteur, Hébert ne s'abuse-t-il pas sur son état ? Est-il réellement si malade qu'il ne puisse guérir ? Je le croyais en convalescence.

De nouveau, l'éclusier se remit sur son séant. Et s'appuyant sur son coude, il prononça :

— Vous pouvez parler, vous aussi, Monsieur le docteur. Vous ne me l'avez pas dit, mais vous devez bien savoir aussi bien que moi que je suis fichu. On ne passe pas des mois de tourments comme je viens d'en passer sans que ça vous ronge. Mais vous pouvez être certain que la mort ne m'effraye pas. Je l'ai cherchée, je l'ai voulue. Il y a près de deux mois que je devrais être mort. Car vous vous doutez bien à présent

que ce n'est pas par accident que je suis tombé dans l'écluse ;
je l'ai fait exprès ; j'étais trop malheureux......

D'un effort, Hébert se cala contre ses oreillers.

— Pendant que je suis là-dessus, continua-t-il, il y a encore
une chose qu'il faut que je vous explique. Ce n'est pas la peine
de l'écrire sur le papier, c'est pour vous faire comprendre
comment j'ai parlé, alors que tout était fini, que j'étais sûr de
n'être jamais soupçonné, et qu'il n'y avait plus à revenir sur
cette affaire-là.

Eh bien, c'est Henri Collin qui m'a forcé d'avouer. Il ne
m'a jamais dit : « Vous êtes le coupable et vous allez tout
dire...... » Non! Et pourtant, il m'a forcé à parler. *Si je n'avais
pas parlé, je crois que je serais devenu fou.....* Quand il est
revenu à Leuzoy, je ne sais pas s'il me soupçonnait......

— Non ! dit l'aveugle. J'étais à cent lieues de vous soupçonner, Hébert......

— Je l'ai bien pensé..... C'est lorsque tu as dîné chez nous,
n'est-ce pas ? Et qu'en mon absence Hélène t'a dit qu'elle
n'était pas là le soir de l'affaire ?

— Oui.....

— Et que le lendemain soir, j'avais été au-devant d'elle à la
gare de Roncourt ?

— Oui.

— Je m'en suis douté tout de suite, à cause de la pièce de
cinq francs que tu avais donnée à Rose. Je me suis dit : « Il a
des soupçons. Et il ne veut pas qu'il soit dit qu'il ait mangé
pour rien chez le vrai coupable. » Ni le lendemain ni jamais
tu n'as rien voulu accepter chez nous. Et puis, tu insistais
tellement pour que j'aille avec toi de l'autre côté du pont !.....
J'ai voulu éviter par tous les moyens d'aller là avec toi. Mais
tu es arrivé par surprise à ce que tu voulais. Et tu m'as forcé
à me trahir.

On écoutait avec une ardente curiosité. Tous ceux qui, sur la
prière de l'aveugle, étaient venus là avaient été stupéfaits par
l'aveu imprévu d'Hébert, que personne n'avait jamais songé
à soupçonner. Nul d'entre ceux qui habitaient Leuzoy — sauf
peut-être l'abbé Claudel — ne s'était douté de l'invisible drame
qui, depuis des semaines, se jouait entre ces deux hommes. Ils
devinaient à présent que le dénouement auquel ils venaient
d'assister était l'œuvre d'Henri Collin. Mais qu'avait donc pu

faire celui-ci pour acculer Hébert à l'aveu ? Voilà ce que tout le monde se demandait.

L'éclusier continua :

— Oui, il m'y a forcé. Je ne sais pas comment, étant aveugle, il a pu deviner l'endroit exact où la chose s'était passée. Mais c'est là qu'il m'a conduit. Il me tenait par le bras. Je voulais m'arrêter, mais lui m'entraînait. Et juste à l'endroit, il s'est arrêté, il m'a dit : « Reposons-nous ici, voulez-vous ? » Alors je me suis dégagé, j'ai fait un bond en arrière, j'ai crié : « Non ! non ! » Ça y était, je m'étais trahi, il savait..... Pourtant, il n'a rien dit. Et même, il ne m'a jamais reparlé de la chose depuis.

Mais dès lors, il vint chez nous tous les jours et même deux fois par jour. Il ne voulait être qu'avec moi. Et quand nous étions tous les deux, il ne disait rien, il ne bougeait pas, il me regardait seulement. Oui, il était aveugle, et pourtant il me regardait, avec ses lunettes noires. Et il me semblait que ces lunettes noires étaient des yeux, et que ces yeux parlaient, et qu'ils me disaient : « C'est à cause de toi qu'il est aveugle ! C'est à cause de toi que ses parents sont morts ! C'est à cause de toi que tout le monde le méprise ou le hait ! C'est à cause de toi que sa vie est si misérable ! »

Voilà. Alors, vous vous imaginez ce que devient ma vie. Je savais qu'il savait, et il était toujours auprès de moi, m'accompagnant quand je me déplaçais, me suivant pas à pas, comme une ombre, sans jamais rien dire, et me regardant toujours avec ses terribles lunettes noires..... Chaque fois que je le voyais venir, le matin ou le soir, j'avais un coup au cœur ; il me semblait voir derrière lui, se suivant à la file, les fantômes de sa mère, de son père et de M. Maru. Et, tant qu'il restait là, ce n'était pas lui seul que je voyais, je les voyais tous les quatre, et j'avais beau faire, il fallait que je regarde les affreuses lunettes.....

Et une chose qu'il faut que j'avoue encore, et qui vous fera comprendre à quel point Henri Collin me rendait malheureux, c'est que, pour en finir, la pensée m'est bien souvent venue de le tuer, pour ne plus le voir. Mais cette pensée ne me venait que quand il n'était pas là. Alors j'étais bien décidé. Je me disais : « Ce sera pour demain. Je l'emmènerai près de l'écluse, quand il n'y aura personne là, et le pousserai dedans : on croira qu'il y est tombé par accident, à cause de son infirmité. » Mais il venait, et quand il était devant moi je n'avais plus ni force ni volonté, je ne voyais plus que ses lunettes noires, et, derrière lui, les trois spectres avec leurs faces mortes.....

Une fois, il est resté trois jours sans venir. Alors, peu à peu je me rassurai, et, le troisième jour, je finis par me dire : « Il a eu pitié, il ne viendra plus. » Mais le lendemain, dans l'après-midi, il est revenu.....

Alors ça été le dernier coup. J'ai compris que j'étais perdu, que la folie me guettait, qu'il fallait mourir ou que, malgré moi, je serais forcé de tout avouer. Le soir, je me laissai tomber dans l'écluse. Malheureusement, on m'a retiré.

J'ai tort de dire « malheureusement », car j'ai compris depuis — et c'est *lui* qui me l'a fait comprendre — que ma mort n'aurait rien réparé, et qu'il fallait avant que je disc la vérité. Il avait raison. A présent, je mourrai aussi malheureux, mais je serai un peu plus tranquille. Et puis, je me repens ; oh ! je me repens.....

<h1 style="text-align:center">XIX</h1>

LE SACRIFICE

L'éclusier se tut, épuisé. Alors Mme Maru, du geste appela le docteur. Et, à mi-voix, elle lui demanda :

— La vérité, docteur. Cet homme est-il vraiment condamné comme il le dit ?

— Il n'a peut-être plus deux mois à vivre, répondit le docteur.

— Mais qu'est-ce qu'il a ? interrogea à son tour l'abbé Claudel. J'avais bien remarqué que sa figure n'était pas bonne, mais je croyais néanmoins le danger passé.

— Je ne saurais vous expliquer avec précision. Chez Hébert, le moral a réagi avec violence sur le physique. Mettez qu'il est atteint d'une sorte de phtisie à évolution spéciale et extrêmement rapide.

— Et rien ne peut le sauver ?

— Je ne crois pas. Du reste, lui-même se sent partir ; vous l'avez entendu.

Mme Maru se leva et s'approcha, suivie de sa fille, du lit du malade. Et elle dit :

— Hébert, je vous pardonne.

— Je vous pardonne, Monsieur Hébert ! répéta à son tour Lucie.

L'éclusier ne bougea pas. Il prononça seulement :

— Merci..... Merci..... Vous êtes bonnes.....

Et il ajouta :

— Et toi, Henri, ne me pardonneras-tu pas ?

L'aveugle resta silencieux. Lorsque Mme Maru et sa fille s'étaient levées, il s'était levé aussi, puis était revenu s'asseoir près de la petite cheminée, où du feu brûlait encore. Et il restait là, immobile et muet, les deux mains appuyées sur sa canne.

Hébert eut un gémissement. Et il murmura :

— C'est vrai..... Je t'en ai trop fait pour que tu puisses me pardonner.....

Alors l'aveugle releva la tête. Son visage avait une expression qu'on ne lui connaissait pas. Il demanda :

— Où est le document ?

Les feuillets étaient devant l'avocat. Celui-ci, machinalement, les mit dans la main que tendait l'aveugle.

Henri Collin fixa ces feuillets un instant, comme s'il avait pu les lire. Puis, brusquement, avant qu'on eût deviné sa pensée, il les jeta dans le feu.....

Tout le monde se leva. L'avocat et l'abbé Claudel se précipitèrent en criant en même temps :

— Qu'avez-vous fait ?

L'aveugle se leva aussi. Et il répondit :

— Mon devoir !

Déjà, du document, il ne restait plus que des débris noircis que la flamme achevait de consumer..... L'éclusier avait tout vu. Il s'était mis sur son séant et regardait l'aveugle avec des yeux égarés, comme s'il ne comprenait pas..... Henri Collin poursuivit :

— Hébert est marié ; il est père. Je ne veux pas d'une réhabilitation qui couvrirait d'opprobre le nom porté par deux innocents. Ce ne serait pas équitable.

D'ailleurs, réhabilité, je le suis à présent aux yeux de vous tous qui m'écoutez, et qui, même quand la foule hurlante était déchaînée contre moi, n'avez jamais douté de mon innocence, et avez eu le courage de l'affirmer publiquement. Je parle de M° Ferron, de l'abbé Claudel et de M. le maire de Leuzoy. Mais, ce qui me tenait surtout à cœur, c'est que Mme Maru, qui m'a jusqu'ici poursuivi d'une hostilité impitoyable, fût un jour convaincue de ma complète innocence. Ce jour est venu..... Dès lors, que voulez-vous que me fasse l'opinion du public ? L'estime des quelques gens de cœur et d'honneur que vous êtes me suffit.

Et n'exagérez pas le mérite de mon sacrifice. À présent, je n'ai plus rien à faire à Leuzoy. Je vais partir, disparaître ; on n'entendra plus parler de moi. Et comme je suis infirme pour la vie, qu'un infirme ne peut pas se marier, je n'aurai jamais de foyer, je resterai seul à porter dans la vie le fardeau de la suspicion du monde qui, d'ailleurs, finira par m'oublier..... Vous voyez bien que je n'ai aucun mérite à agir comme je le fais..... Et puis, je vous le répète, l'idée d'une réhabilitation que deux innocents payeraient de leur vie déshonorée m'est insupportable. J'en ai donc pris mon parti.

Et, se tournant vers le lit du malade, l'aveugle ajouta :

— Quant à vous, Hébert, si vraiment vous ne devez pas guérir, soyez en paix : je vous pardonne.....

Il se rassit. L'éclusier s'était effondré dans son lit, et, la tête dans ses mains, sans pouvoir dire un mot, il pleurait ; il pleurait doucement ; il pleurait sans fin..... Et tous ceux qui étaient là étaient extraordinairement émus.....

Alors Mme Maru se leva. Elle avait les larmes aux yeux. Et elle joignit les mains ; elle s'approcha de l'aveugle en disant :

— Henri ! Henri ! Pourras-tu jamais me pardonner, à moi ?

— Je vous pardonne, Mme Maru..... Je pardonne à tout le monde. D'ailleurs, je ne vous en ai jamais voulu : j'avais fait la part de votre douleur...... *Et ce n'est pas par vous que j'ai le plus souffert.....*

Lucie Maru avait entendu. Mais elle n'osait approcher de l'aveugle. Bouleversée, elle le regardait ; et, dans son regard, il y avait à la fois de la tendresse, de l'admiration et du remords.....

XX

L'ÉCLAIR DANS LA NUIT

Le lendemain de cette scène, l'aveugle se trouvait chez lui, en compagnie de M° Ferron et de l'abbé Claudel.

Comme, la veille au soir, il était trop tard pour qu'il pût aller à Rencourt prendre le dernier train, l'avocat avait accepté, pour la nuit et pour la matinée, l'hospitalité que lui avait offerte son protégé.

L'abbé Claudel venait d'arriver. Il se rendait chez l'éclusier, sur la prière que celui-ci lui avait faite la veille, et s'était arrêté à Leuzoy en passant.

L'entretien roula naturellement sur la scène impressionnante que nous venons de raconter.

— Dans tout ceci, dit l'avocat, vous ne savez pas ce qui m'étonne le plus ? C'est que dans la situation où vous étiez, seul, sans aucun appui, en butte, au contraire, à l'hostilité de tous, et aveugle par surcroît, vous soyez parvenu, non seulement à découvrir le véritable coupable, mais encore à le forcer à se dénoncer lui-même.....

L'aveugle sourit. Mais son sourire était triste. A présent que la tâche qu'il s'était donnée avait été menée à bien, on sentait qu'une douleur restait en lui, une douleur qu'il ne confiait pas, mais qui mettait une tristesse résignée sur son visage d'infirme.

—Je vais vous expliquer, dit-il. Vous allez voir que c'est très simple. Dès le lendemain de mon arrivée ici, l'idée me prend d'aller jusqu'à l'écluse d'Hébert. Pourquoi ? Je n'aurais pu le dire. Je suis aveugle, je ne puis rien voir. Et même, si je n'avais pas été aveugle, qu'aurais-je pu voir après tant de temps écoulé ? Toutes ces réflexions, je me les fis. Et, néanmoins, ce fut vers l'écluse d'Hébert que je dirigeai ma première promenade. J'étais attiré là ; c'était plus fort que moi, il fallait que j'y aille. — Remarquez que je n'avais aucun soupçon.

Bref, je m'en vais ; je suis sur le chemin de l'écluse ; j'arrive près du pont. C'est ici que, pour la première fois, intervient le hasard, à moins que ce ne soit la Providence, Monsieur le Curé. Au moment précis où je vais traverser le pont, il se trouve qu'Hébert est sur le terre-plein et me voit passer. Il m'appelle. Pourquoi ? Fut-ce inconsciemment ? Fut-il, au contraire, poussé par un mouvement de remords et de pitié ? Je pencherais plutôt vers cette dernière hypothèse. Toujours est-il qu'il me fait des protestations chaleureuses d'estime et de sympathie ; il m'assure qu'il a toujours cru en mon innocence ; sa femme me fait les mêmes protestations, et il n'est pas jusqu'à la petite Rose qui ne me fasse bon accueil à sa manière.

Alors, je me laisse aller. Partout ailleurs, les gens me repoussent et me méprisent. Et les Hébert, pour qui je ne suis rien, m'accueillent avec une cordialité pleine de délicatesse et que je sens sincère. J'en suis ému, presque bouleversé. Une détente se produit en moi. Ils m'invitent à partager leur repas ; j'accepte. Et je cause ; et — passez-moi l'expression — je me déboutonne, je ne cache rien à mes hôtes de mes projets. Je demande même à Hébert son concours qu'il me promet, non sans quelques hésitations et prévisions pessimistes qui ne me frappent point.

Après déjeuner, appelé par son service, Hébert nous laisse seuls un instant, sa femme et moi. A un moment donné, je demande à Mme Hébert :

— Et vous, vous n'avez rien entendu, rien remarqué, le soir du crime ?

— Moi ? me répondit-elle ; mais je n'étais pas là..... Joseph ne vous l'a pas dit ?

Eh bien ! la simple phrase de la femme d'Hébert fut pour moi une révélation. Immédiatement, *j'entendis en moi* une phrase qui, à la Cour d'assises, avait été prononcée par le procureur dans son réquisitoire et qui, je ne sais pourquoi, m'avait frappé. *Cet inconnu serait-il tombé du ciel à l'endroit et au moment propices ?* Or, j'apprends une chose que j'ignorais : à savoir qu'Hébert, le soir du crime, se trouvait seul dans sa maison. Et sa maison est dans une situation telle qu'elle permet à Hébert en effet, de se trouver *comme tombé du ciel, à l'endroit et au moment propices.* Voilà quelle fut ma pensée immédiate, instantanée, lorsque la femme d'Hébert me dit : « Moi ? mais je n'étais pas là. » Ajoutez que, presque aussitôt après, j'apprenais d'elle que, le lendemain du crime, Hébert s'était rendu à Roncourt pour aller au-devant de sa femme et de son enfant, *qui revenaient par le train de 7 h. 1/2 du soir.* Or, maître, vous vous souvenez que ce fut le lendemain du crime, *dans les environs de 7 heures du soir,* que le témoin Robert rencontra sur la route l'inconnu, l'homme à la pèlerine..... Dès lors, moralement, ma conviction était faite. Vous pouvez penser que j'étais violemment ému ; mais je parvins néanmoins à rester impassible en apparence.

Hébert vous a expliqué lui-même ce qui s'est passé par la suite.

— Oui, dit l'avocat, très intéressé. Mais ce qu'il n'a pas expliqué — ce qu'il a même avoué ne pas avoir compris, — c'est la façon dont vous avez pu deviner la place *exacte* où s'était déroulé le drame.

L'aveugle sourit encore.

— C'est également très simple, répondit-il. D'abord, le raisonnement m'avait prouvé que, contrairement à ce qu'on pensait, M. Maru avait dû être jeté à l'eau beaucoup plus en amont qu'à l'endroit où on avait découvert son corps. Voici pourquoi. Dans les canaux en général, et dans le petit bief en particulier, s'il n'y a pas de courant naturel et régulier proprement dit, il n'en n'existe pas moins un courant artificiel et irrégulier provoqué par les éclusages : chasse d'eau quand c'est l'écluse d'amont qui fonctionne, appel d'eau quand c'est l'écluse d'aval. Mais qu'il soit provoqué par l'écluse d'amont ou par l'écluse d'aval, ce courant est toujours le même, et se produit invariablement d'amont en aval. Voilà pourquoi j'avais fini par être persuadé que le corps de M. Maru avait déjà dû être entraîné sur une certaine distance quand on le découvrit, et que c'était bien plus haut, peut-être dans les environs immédiats de l'écluse, que le crime avait été commis.

C'est pourquoi j'insistais tant pour qu'Hébert me conduisît de l'autre côté du pont ; et c'est pourquoi aussi lui tenta, par tous les moyens, d'esquiver la chose. Je finis pourtant, et par surprise, par me trouver avec lui sur le chemin de halage du petit bief. Sous un prétexte quelconque, je lui demandai alors la permission de m'appuyer sur son bras. Chemin faisant, pour l'énerver, pour l'affoler, je ne l'entretins que de la mort de M. Maru. Ce fut d'ailleurs ainsi que je pus me rendre compte par moi-même que la pèlerine d'Hébert lui allait jusqu'aux genoux, *comme celle que portait l'inconnu rencontré par Robert*. Mais je voulais plus qu'une preuve, je voulais quelque chose comme un aveu.

Arrivé à une certaine distance de l'écluse, je maintins donc obstinément Hébert sur le côté droit du chemin, le côté du canal. Il résistait, mais je tenais bon. Au fur et à mesure que nous approchions de l'écluse, je le sentais frémissant, bouleversé. Ses efforts pour dégager son bras devenaient plus violents. Et, à un moment donné, il s'arrêta ; je devinai qu'il détournait la tête, et, malgré tous mes efforts, je ne pus lui faire faire un pas de plus. Je dis alors : « Reposons-nous un peu ici, voulez-vous ? » Complètement affolé, il s'est trahi..... J'étais fixé : c'était là, à quatre ou cinq mètres de l'écluse seulement, qu'avait eu lieu le drame.....

Ce fut à partir de ce soir-là qu'Hébert fut persuadé que je savais tout. D'ailleurs, sans l'accuser formellement, je le lui avais fait comprendre.

Que vous dirai-je de plus ? Vous avez deviné quelle était ma tactique. Je m'étais dit qu'il n'était pas possible qu'un coupable pût supporter, sans se lasser, la présence continuelle de sa victime à ses côtés, *en sachant surtout que cette victime connaissait son crime.* Je n'avais aucun autre moyen de faire éclater la vérité. Dénoncer Hébert ? Il nierait. Et quelles preuves matérielles avais-je contre lui ? Il fallait donc l'amener à tout révéler lui-même. Grâce à Dieu, j'ai réussi.

Je n'ai eu qu'un moment de crainte véritable. C'est quand j'ai appris qu'Hébert était tombé dans son écluse. J'ai deviné tout de suite que, contrairement à ce qu'on pensait, c'était là de sa part une tentative de suicide. Et songez que s'il était mort ainsi, sans avoir parlé, tout était fini pour moi, et qu'il ne me restait plus aucun moyen de faire éclater la vérité. J'avais tout prévu, sauf cela. Heureusement, j'en ai été quitte pour la peur.

Jusqu'à ce moment — il faut me pardonner, Monsieur le Curé — j'avais envisagé ma tâche plus comme une vengeance que comme un acte de justice..... Mais c'est à partir de ce jour-là que j'ai commencé à avoir pitié, non pour Hébert lui-même, mais pour sa femme et son enfant, que j'avais jusqu'alors oubliées..... Hélène, dans la bonté de son cœur simple, s'était montrée pour moi aimante comme une sœur, et pitoyable à mes malheurs. Il n'y avait de sa part aucun calcul : elle ignorait, elle ignore tout encore. Quant à la petite Rose, je m'y étais très attaché sans y prendre garde. Quelquefois, quand je venais chez ses parents, elle restait avec moi ; elle me suivait partout..... Je craignais de m'attendrir outre mesure, et de tout pardonner à cause de l'enfant. Et il fallait que j'aille jusqu'au bout, non par vengeance, mais par justice, et pour l'honneur du nom.....

Et vous voyez bien, quand même, que je n'ai pas été jusqu'au bout..... La faiblesse des petits est puissante!.....

L'aveugle se tut. Il ne vit pas l'avocat et le prêtre se regarder tous deux avec émotion. Mais il sentit deux mains chercher les siennes, et il entendit une voix qui disait :

— Comme avocat, je devrais vous gronder, mon ami ; mais, comme homme, je vous approuve.

— Et moi, dit le prêtre, je fais plus que t'approuver, Henri, je t'admire. Ton sacrifice te sera compté devant Dieu.....

En ce moment, la mère Renaut, son bonnet tout de travers, entra en coup de vent :

— Voici bien d'une autre, *not' Henri !* s'écria-t-elle. Voilà Mme Maru et la Lucie qui demandent à te voir.....

L'aveugle se leva, tout pâle. Ses lèvres tremblaient. Mais avant qu'il eût dit un mot, les deux femmes étaient déjà sur le seuil.....

XXI

RÉPARATION ET ESPOIR

Le prêtre et l'avocat s'étaient levés, eux aussi, et, par discrétion, s'apprêtaient à se retirer. Mais, d'un geste, Mme Maru les retint.

— Monsieur le Curé, dit-elle ; et vous, Monsieur, j'oserai vous prier de rester. Ma visite est une visite de réparation : il est bon qu'elle ait des témoins..... On connaît l'hostilité impitoyable dont jusqu'ici j'ai poursuivi Henri Collin, qu'à tort je persistais à croire coupable. Si cette hostilité ne s'est plus manifestée par des insultes depuis le lendemain du retour d'Henri, c'est grâce à l'influence de ma fille ; mais je n'en haïssais et n'en méprisais pas moins Henri.....

Or, sans trahir le secret que si généreusement il nous a obligés à garder, j'ai pensé que mon devoir était de contribuer à détruire, dans la mesure de mes moyens, l'injuste suspicion qui pèse sur lui. Ma démarche n'a pas d'autre but. Quand on saura dans le village, et ailleurs, que la veuve du mort a été publiquement rendre visite à celui qu'on persiste à croire son meurtrier, il faudra bien qu'on se dise que mon changement d'attitude n'a pas eu lieu sans causes sérieuses, et qu'Henri pourrait bien, en effet, être innocent..... »

La veuve parlait gravement. Et, en cet instant, l'attitude de cette femme, d'allures communes pourtant, était empreinte d'on ne sait quelle noblesse..... Le prêtre et l'avocat restaient debout. L'aveugle, lui, s'était rassis. Il ne disait rien, mais semblait violemment ému ; c'était peut-être l'émotion qui l'empêchait de parler..... Quant à Lucie Maru, elle restait immobile aux côtés de sa mère. Elle regardait l'aveugle ; elle ne paraissait voir que lui. Et elle paraissait à la fois malheureuse et troublée.....

— J'ai tort de dire que ma démarche n'avait pas d'autre but, poursuivit Mme Maru. Elle en a un autre. Il est une réparation qui serait plus éclatante encore, et qui, aux yeux de tous les honnêtes gens, constituerait quelque chose comme la réhabilitation publique d'Henri Collin. Henri, tu as aimé et tu aimes toujours Lucie ; Lucie, elle, n'a jamais cessé de t'aimer. Aujourd'hui, je viens te dire, en mon nom comme au sien : tu peux toujours considérer Lucie comme ta fiancée d'aujourd'hui et ta femme de demain.....

— Oh ! mon Dieu ! dit l'aveugle.

Déjà Lucie était à ses pieds. Elle s'était mise à genoux, elle avait saisi les mains de l'infirme. Et elle disait :

— Henri ! c'est moi qui t'en supplie..... Ne dis pas non..... Oublions tout ce qui s'est passé. Je n'ai jamais douté de toi. Mais comprends-le : ma mère, nos amis, tout le monde te croyait coupable. Pouvais-je aller contre ma mère, contre nos amis, contre tout le monde ? Et puis, songes-y, il s'agissait de mon père..... Tant que le vrai coupable n'était pas connu, pouvais-je m'exposer à ce qu'on dise : « Elle aime celui qui a tué son père ? »

« Oh ! j'ai bien souffert, va ! Toujours — toujours, entends-tu ? — j'ai pensé : « Puisqu'il m'aime, ce n'est pas possible qu'il soit coupable : on ne tue pas le père de celle qu'on aime. » Mais cela, je ne pouvais le dire ; je ne pouvais même pas te le dire, à toi..... Te souviens-tu de ce soir-là où tu m'as rencontrée sur le chemin de l'écluse, et où tu m'as demandé : « Me crois-tu coupable ? » Je n'ai pas répondu. Et si je n'ai pas répondu, c'est parce que je croyais tout fini, que je n'espérais plus, et que je pensais qu'il valait mieux que tu oublies ton amour pour moi. Je me suis dit : « S'il est persuadé que je le crois coupable, il me jugera indigne de lui, il finira par ne plus m'aimer, et cela vaudra mieux pour lui. » Voilà pourquoi je me suis tue, alors que de te voir si malheureux mon cœur sautait dans ma poitrine et que j'aurais voulu te crier :

« Jamais je n'ai douté de toi, et je t'aime toujours ! » Tu comprends à présent, n'est-ce pas ? Je suis toujours ta fiancée.....
Ne dis pas non, si tu veux que je croie à ton pardon.....

— Mais je suis aveugle ! s'écria le jeune homme.

Lucie répondit avec simplicité :

— Et puis après ? Au moins, comme cela, tu ne pourras jamais te passer de moi !.....

— Non ! non ! dit l'aveugle. Relève-toi, ne reste pas ainsi, Lucie. Je n'ai jamais cessé de t'aimer, je n'ai donc rien à te pardonner. Et je suis heureux. Oui ! je suis heureux, plus que je ne saurais le dire, de savoir que tu m'avais conservé ton estime et ton affection. A présent, je ne demande rien de plus au ciel. Mais pour le reste, ne te crois pas obligée de me considérer toujours comme ton fiancé. Vous êtes bonnes, ta mère et toi. Mais mon devoir à moi est de te rendre ta parole. Je suis aveugle pour la vie. Non! non! oublie-moi, Lucie..... Tu n'as pas encore dix-neuf ans ; à ton âge, on peut encore oublier.....

— Il ne veut pas ! Il ne veut pas ! gémit la jeune fille.

L'aveugle leva vers Mme Maru un visage torturé.

— Je vous en prie, Mme Maru, dit-il, soyez raisonnable pour elle ; soyez raisonnable pour nous deux. Vous avez plus d'expérience que nous, vous devez bien comprendre que c'est une folie — une généreuse folie — mais une folie que vous me proposez là. J'en appelle à ces Messieurs. N'est-ce pas, Monsieur le Curé ? N'est-ce pas, maître ?

Lucie s'était relevée. Et, tombant sur un siège qui se trouvait derrière elle, elle pleurait maintenant avec de gros sanglots.

La veuve allait répondre. D'un geste, l'abbé Claudel l'arrêta. Et, se dirigeant vers l'aveugle, il lui posa doucement la main sur l'épaule.

— Henri, dit-il, écoute et réponds-moi. C'est uniquement parce que tu es aveugle que tu veux rendre ta parole à Lucie ?

Quittant son attitude de morne accablement, le jeune homme releva la tête. Et il répondit :

— Pouvez-vous me le demander, Monsieur le Curé ?

— Et si la vue t'était rendue ?

— Au fait, s'écria l'avocat. J'y pensais justement.....

D'un bond, l'aveugle s'était levé..... Mais tout de suite il se rassit, il gémit d'un ton de reproche :

— Pourquoi évoquer cet espoir impossible, Monsieur le Curé ?

— Impossible ? dit le prêtre. Jusqu'à présent, je n'avais voulu te parler de rien. Je te voyais absorbé par la tâche que tu t'étais donnée, et puis si sauvage, si indifférent, si las de tout ! Mais il m'est arrivé de rencontrer plusieurs fois, à Roncourt, le docteur qui t'avait soigné à l'hôpital. Et chaque fois, sais-tu ce qu'il me disait, en me parlant de toi ? A peu près ceci : « Monsieur le Curé, vous pouvez vous vanter d'avoir un drôle de paroissien. C'est à croire qu'il tient à rester aveugle pour le plaisir de l'être. J'ai eu beau lui dire, avant qu'il quitte l'hôpital, que son cas n'était pas incurable et qu'on pouvait sauver son œil gauche, il n'a rien voulu entendre...... »

Henri était devenu attentif.

— C'est vrai, dit-il. Le docteur m'a dit cela souvent. Mais je n'en ai jamais cru un mot. Je considérais ses paroles comme ces consolations banales qu'on se croit obligé d'adresser aux malades dont le cas est désespéré. Et puis, comme vous le disiez, j'étais en ce moment-là si découragé, n'espérant plus rien, et indifférent à tout.....

— Eh bien ! répondit le prêtre, c'est très sérieusement que je te dis, moi, que tu as eu tort. Ton œil gauche, selon le docteur, n'a pour ainsi dire aucun mal, à part l'espèce de paralysie qui immobilise la paupière. Que cette paralysie disparaisse, et tu recouvres l'usage de ton œil.

— Pourtant, dit l'aveugle, il m'est arrivé souvent, sans le dire, de soulever cette paupière avec mon doigt. Je n'ai jamais rien vu qu'une espèce de lueur jaunâtre, traversée d'éclairs rouges. Mais je ressentais aussitôt dans l'œil une douleur si insupportable que chaque fois, au bout de quelques secondes, je devais laisser retomber la paupière.

— Le docteur sait cela et n'en est pas surpris. Deux mois de traitement, trois mois au plus, et, grâce à un spécialiste qu'il connaît à Nancy, il répond absolument de ta guérison.

— Oh ! mon Dieu ! dit Henri. Alors, ce serait vrai ? La vue peut m'être rendue. Je sais bien que je resterais borgne, puisque l'œil droit est vidé. Mais je pourrais voir ! je pourrais voir ! Et puis, Lucie qui m'aimes toujours..... Non ! je ne puis le croire. Ce serait trop de bonheur.....

Lucie avait cessé de pleurer.

— Il faut essayer, Henri ! s'écria-t-elle. Si tu m'aimes toujours, il faut écouter M. le curé.....

— Alors ? demanda le prêtre au jeune homme.

— Que voulez-vous que je vous dise, Monsieur le Curé ? répondit celui-ci. Je veux bien essayer, pour vous faire plaisir à tous, et pour prouver à Lucie que je l'aime toujours. Mais vous savez, au fond, je n'ai pas confiance.

Et il sourit doucement, en tendant la main à Lucie qu'il sentait devant lui.....

En ce moment, on entendit quelqu'un se moucher bruyamment. Tout le monde se retourna. Et l'on vit sur le seuil de la chambre la mère Renaut, qui, sans qu'on le remarquât, avait assisté à toute la scène. Ses yeux étaient humides.

Voyant que tout le monde la regardait, elle parut embarrassée. Et elle prononça :

— Ne faites pas attention..... Il était devenu un peu mon *gachenot*, voyez-vous..... Alors je suis contente, oui, bien contente que ça finisse comme ça. C'est moi qui vous le dis : *not'* Henri guérira, et il se mariera avec la Lucie, qui est une brave fille..... D'abord, le bon Dieu lui devra bien ça, au *pauv' gachenot !.....*

XXII

LA FOI, CLARTÉ DANS LES TÉNÈBRES

Et il faut croire que le bon Dieu était de l'avis de la mère Renaut, car Henri Collin recouvra la vue.

Ce fut un soir de septembre qu'Henri revint guéri à Leuzoy, sans avoir prévenu personne de son retour. Nous laissons à penser avec quelle joie Mme Maru et sa fille, ainsi que la mère Renaut, l'accueillirent.....

L'éclusier avait succombé quinze jours auparavant, emporté par la phtisie. Mais avant de mourir, il avait appris que la guérison d'Henri Collin était désormais certaine. Et il avait dit :

— Allons ! je suis content, bien content..... Je m'en irai toujours avec un remords de moins.

Et il était mort chrétiennement le surlendemain, apaisé et repentant, assisté jusqu'au dernier moment par l'abbé Claudel.

Jamais la femme du coupable n'a su la vérité. Pour lui expliquer la réunion insolite qui avait eu lieu dans la chambre du malade, on lui avait dit qu'Hébert connaissait depuis longtemps, sans oser le faire connaître, le nom du vrai coupable, qu'il s'était décidé à révéler publiquement ce nom, mais qu'Henri Collin s'était opposé à ce que le coupable soit inquiété.

Et ce fut sans s'être jamais douté de quoi que ce soit que Mme Hébert, après la mort de son mari, quitta Leuzoy avec sa fille pour aller demeurer à Rosnes, chez sa tante.....

Aujourd'hui, des années ont passé sur ce drame, qui, le temps aidant, s'est effacé peu à peu de toutes les mémoires, à Leuzoy comme ailleurs.....

Henri et Lucie sont mariés. Mme Maru, usée par la douleur, est allée rejoindre son mari dans l'éternité et l'ancienne ferme Maru est devenue la ferme Collin. La mère Renaut est toujours là. Elle vient passer presque toutes ses journées chez les jeunes époux, et elle sert de grand'mère à un petit *gachenot* ainsi qu'à une petite *gachenotte*.

A l'abbé Claudel, à M° Ferron qui sont restés des familiers de la maison, Henri Collin, heureux, répète encore :

— Si Dieu a daigné opérer en ma faveur une sorte de miracle, n'est-ce pas que j'avais pour moi, avec une ferme volonté et beaucoup d'amour, la foi?.:....

FIN

❖❖❖❖❖❖❖❖❖❖❖❖❖❖❖❖❖❖❖❖❖❖❖❖❖❖❖❖❖❖❖❖❖❖❖❖

LES ROMANS POPULAIRES A 20 CENTIMES

POUR PARAITRE LE 1ᵉʳ NOVEMBRE 1913

La Terre qui pleure

par JEAN MAUCLÉRE

La TERRE QUI PLEURE, c'est la Lorraine annexée. Tout le monde voudra lire ce récit d'actualité, œuvre très sympathique et qui le devient de plus en plus à chaque page, inspiratrice des plus purs sentiments patriotiques. L'auteur a su graduer merveilleusement l'intérêt, et faire en même temps œuvre littéraire. Ce travail a, du reste, obtenu le 2ᵉ prix au dernier concours de la Bonne Presse pour les « Romans à 20 centimes » : c'en est assez dire la valeur.

Imp. Paul Feron-Vrau
3 et 5, rue Bayard
PARIS